U0584572

花花兔

〔日〕福永令三 著
〔日〕三木由记子 绘
李讴琳 译

人民文学出版社
PEOPLE'S LITERATURE PUBLISHING HOUSE

著作权合同登记号　图字 01－2023－1710

KUREYON OUKOKU NO HANA USAGI

图书在版编目(CIP)数据

花花兔/(日)福永令三著；(日)三木由记子绘；
李讴琳译. —北京：人民文学出版社，2024
　(蜡笔王国)
　ISBN 978-7-02-018388-3

Ⅰ.①花…　Ⅱ.①福…　②三…　③李…　Ⅲ.①童话-
作品集-日本-现代　Ⅳ.①I313.88

中国国家版本馆 CIP 数据核字(2023)第 227214 号

责任编辑　李　娜　李　殷
封面设计　李苗苗

出版发行　人民文学出版社
社　　址　北京市朝内大街 166 号
邮政编码　100705

印　　制　杭州钱江彩色印务有限公司
经　　销　全国新华书店等

字　　数　96 千字
开　　本　787 毫米×1092 毫米　1/32
印　　张　7.5
版　　次　2024 年 1 月北京第 1 版
印　　次　2024 年 1 月第 1 次印刷

书　　号　978-7-02-018388-3
定　　价　42.00 元

目 录

1.
千穂和洛佩

明亮的阳光一闪一闪地在千穗脸蛋上打着旋儿，痒酥酥地唤醒了她。哥哥健治还没有醒。

"糟了！要迟到了。"

千穗翻个身蹦起来，"哗啦"一下拉开隔壁爸爸房间的门。

"快起床！七点半了！"

爸爸听到她的声音，迷迷糊糊睁了睁眼，又像缩着脖子的乌龟一样，钻进了被窝里。千穗一把扯开被子：

"和尚师傅，快起床！再不起来，可爱的小千穗就要迟到了！"

爸爸终于清醒地定睛看看闹钟："哟，都这么晚了。"

"今天要带便当哟。千穗和哥哥都需要。"

"知道了，知道了。我这就起床。"

听见爸爸已经认真回答，千穗回到房间开始叫哥哥起床。这很简单。

"哥哥，洛佩还在生气呢。"

从院子里真的传来了兔子洛佩在地上"咚，咚"跺着后脚发火的声音。而且，只要一提"洛佩"，任何时候哥哥都不会听漏。

眼下也是这样，哥哥一句话都没说，就慢吞吞起了床，径直去了兔子的小屋。

"你真是个爱生气的家伙。难道打那以后你一直在生气？"

着急的千穗一面听着哥哥跟洛佩说话，一面上厨房监督爸爸去了。

燃气灶并排有三个，正中间的灶头上放着焖米饭的锅。右边锅里正"咕嘟咕嘟"煮着大酱汤。而千穗的爸爸，这座幽光寺的住持还穿着睡衣，正在削芋头皮。

"千穗，你帮我去地里拔根葱。"和尚说，"再来一个柠檬。"

"葱是要粗的还是细的？柠檬要多少克重的？一百五十克左右？"千穗问道。

"你把小嘴巴的拉链合上。"和尚说。

"明明是你话说太少。"千穗顶回去，穿上凉鞋下到院子里，去了后院墓地旁边的菜地。

恬静的春日早晨。蓝色天空散发着光泽，仿佛笼罩着一层润泽的雾霭。大海也在沉睡。

这座幽光寺，位于半山腰。山上是松树和杉树林，青葱浓郁。下山路上，会渐渐看到黄色的柚子点缀在冬季枯萎的杂树丛中。从山脚到海边，是接连不断的民房屋顶、电视机天线、学校和邮局的四方形建筑。

千穗伸了个大懒腰，来到柠檬树旁，一边提防着木刺，一边伸出右手拧下一个去年留下来的果子。

然后，她毫不客气地踩着白色的石竹花丛，走进菜地，伸出左手拔起一根浅绿色的大葱来。

她回到院子里一瞧，哥哥还在和洛佩说话。

"昨天晚上发生什么了？火山爆发？"

"是直下型地震。"哥哥一本正经地说。

"洛佩，要吃柠檬吗？不知道还好不好吃呀。"

千穗把柠檬凑到洛佩鼻尖。洛佩为难地竖起耳朵，在地上轻轻地"咚咚"踩踩脚。

"千穗！要两根葱！"爸爸在厨房里叫起来。

"你一开始不说清楚，我可不好办。"千穗快活地扯着嗓门说，"大叔！不要白萝卜。我可不愿意一会儿吃萝卜泥。"

千穗又去了一趟菜地，进厨房一看，白色泡沫正从锅里轻飘飘地溢出来。放了芋头的汤锅，已经煮出了大酱汤的颜色。爸爸一边拿出腌白菜，一边说：

"把紫菜烤烤，千穗。"

千穗把左手和右手轮流伸到爸爸面前，说道：

"用哪只手拿紫菜呢？如果是这只手，就是紫菜柠檬，这边的话，就是紫菜大葱哟。"

"随你便。"和尚说。

爸爸"咚咚咚"地把葱切成碎末，千穗在他身旁烘烤用来包饭团子的紫菜，翻来覆去烤了好几遍。

"我说爸爸，这个紫菜哪面是正面呀？"

"你说什么傻话呀。"

"可是，我包饭团子的时候，必须正面朝外呀。爸爸，昨天晚上那是什么呀？新闻里说了吗？"

"可能是燃气爆炸吧。"爸爸没有细想。

说是昨晚，其实是今天早晨。地面突然传来"轰隆"一声巨响。大家以为是大地震，都大喊大叫着从被窝里蹦起来。可是，那一声巨响之后，再也没发生任何情况。

既没有听见警笛声，也没有救护车飞驰而来的迹象，看来也并非事故。大家完全不知道发生了什么事。而情绪激动的洛佩就是从那个时候开始，不停地跺它的后脚，一直在生气。大家为了安慰兔子洛佩，抱着它，还特意去菜地拔来它最喜欢的野草野芥子，所以都没睡好觉，导致一家人早上睡过了头。

今天，是六年级毕业生前往离校夏令营的日子。因为很多老师要跟去，所以学校不能像平时那样开课了。

因此，健治这样的五年级学生要去附近的日向山远足，千穗这样的四年级学生去海边写生，低年级的在体育馆观看木偶剧。学校不提供午餐，要自己带便当，所以本该比平时起得早才对。

不过，千穗根本不担心会迟到。和尚师傅不愧是年轻时就开始在山里潜心修行的，做饭、洗衣服、针线活儿之类的家务事，无论哪一件都干得很麻利。即便是妈妈在世的时候，也是爸爸饭菜做得更快更好吃，而且还十分精致。

千穗还小的时候，爸爸叫她"小千"，她叫爸爸"阿爸"。入学那一天，阿爸严肃地对小千说："从今年开始，你不要叫'阿爸'了，要叫'爸爸'。作为交换，我也不再叫你'小千'，改叫'千穗'。"但是，爸爸很快就破坏了约定，开始叫她"穗千""穗小千"之类。于是，千穗有时候也会叫爸爸"和尚师傅""大叔""我家的和尚""喂，住持"等。

可是，她面对哥哥一直都叫"哥哥"。哥哥也只是直接叫她"千穗"。

"来了！便当两份，上菜！"住持说着，熟练地用竹皮包好饭团子，再用大菜刀把蛋糕的包装纸刷地切成两半裹好，自个儿换衣服去了。

千穗摆好碗，去叫哥哥。

"洛佩这家伙，还是很奇怪。"

哥哥抱着洛佩，把它一直嘟嘟囔囔发出声音的嘴巴贴到自己耳边，说：

"它在一个劲儿地说什么呢。好像是在讲昨天晚上的事。"

"洛佩像哥哥，容易害怕。"千穗说。但是，千穗也非常清楚，洛佩的眼神极为不安。微微泛红的眼角低垂着，还残留着牛奶一样的白色痕迹。

三年前的春天，冷不丁买来这只小兔子的是千穗。它当时小得能托在手掌心里。那是妈妈去世还不到一个月的时候。那时镇子上的偶人店正在大张旗鼓地宣传女孩节。

在偶人店橱窗前的人行道上，有人顶着微寒的风在卖小兔子。拳头大小的短耳朵小兔子们就像棉花球，挤在一起一动不动。它们几乎都闭着眼睛。卖兔子的男人嘶哑着嗓子叫卖：

"快来看啊。可以在屋子里养的小兔子。可以喂苹果和饼干哦。长不大的喜马拉雅兔。立刻就能记住自己的名字。可以放养哟。"

千穗看了它们一会儿。就在这时，唯独有一只小兔子从白色蓬松的绒球堆里钻出来，迈着小碎步走起来。然后，它像松鼠一样并拢两只前爪，轻巧地站起来，认真地注视着千穗的眼睛。

就在买下它的念头从千穗心里冒出来的时候，卖兔子的小贩捏着那只兔子的脖子把它拎起来。

"小姑娘，买吗？"他问道。

"买。"千穗立刻回答。

"好咧，谢谢。"卖兔子的小贩说着，抓起另一只正在睡觉的小兔子，想要放进纸盒子。

"不是那只，是这只。"

男人迅速地换好兔子，说："一千八百日元。"

"请等一下。我现在给家里打电话，让家里人把钱送来。"

因为千穗已经伸出了手，卖兔子的小贩没办法，只好把装着兔子的纸盒子递给她。千穗紧紧地抱住盒子，用偶人店门口的公用电话给家里拨号。

"家里人说马上来吗？"卖兔子的小贩担心地问。

千穗点点头说"嗯",抱着盒子站在原地。

一眨眼工夫,穿着黑色僧袍的爸爸就骑着摩托车出现在眼前。爸爸付了钱,想让千穗坐在摩托车后座上,可是千穗说:

"我走回去。要不然,小兔子掉下来就糟了。"

那时候千穗又幸福又高兴,她以为爸爸的眼圈红了,只是因为三月的风太凉。

有了这只小兔子,最高兴的人是哥哥。"洛佩"这个名字也是哥哥起的,而且,就算洛佩尿尿溅到哥哥脸上,他都满不在乎地哈哈笑。

卖兔子的小贩说它能听懂自己的名字,那是真的。可是其他都是假话。既不能用苹果和饼干喂它,品种也并非长不大的喜马拉雅兔。

洛佩吃圆白菜、生菜、胡萝卜、白萝卜叶子,还有山上自然生长的野葛和野芥子的嫩叶,不断长大。过了半年,它的鼻头上长出了疙瘩似的小团团,长相变得很奇怪,那是因为它开始换毛了。

他们也是那个时候才知道，洛佩最喜欢吃的是花。吃野芥子和开得不合时节的蒲公英花朵的时候，洛佩会高兴得喉咙里咕吱咕吱叫。

一岁生日的时候，洛佩戴上蒲公英花朵编织的花环拍了照。当时哥哥嘱咐它："拍完照之前，你可千万不要把蒲公英吃了哟。"它就真的没吃。洛佩基本上不在自己小屋以外的地方吃东西。第二年的时候，它戴上莲花做的花环拍了照。到了第三年，它戴上了把报春花串起来做成的项链。千穗在作文里写道："我家的兔子，叫花花兔，小名叫洛佩。不过，因为它其实是只小公兔，所以经常尿尿溅得到处都是。"这篇作文被收录进了学校的文集《风之子》。

洛佩如果被不喜欢的人抱，就会生气，两条后腿在地上"咚咚"直跺，眼睛瞪得仿佛红眼珠子都要蹦出来一样。如果还要强行抓住它，它就会像小猪似的发出"卟——"的威吓声。相反的，如果是它喜欢的人，它就会格外害羞，柔弱无力得如同软绵绵的毛皮。

它常常在小屋里像松鼠一样用后腿站立，摇摆着身体跳舞。它特别喜欢音乐，总是在睡觉前听圣诞名曲集的磁带。

"千穗，今天的计划是什么？"和尚问。

"计划是……"

千穗"啪啦啪啦"翻开红色笔记本。

"三点钟练字，三点半和由美绘吵架。四点吃点心，骑自行车……"

"又要吵架？"和尚厌烦地说。不过，这是常事，所以他没有追问。

"接着说。"

"六点到九点看电视。"

"什么时候做作业？你没有安排做作业的计划。"

"不用安排做作业。"千穗说，"作业放在吵架时间里了。"

"为什么作业和吵架有关啊？"

"因为我们说好了，吵架输了的人要帮对方做作业。所以，我赢了就可以了。对了，你那边吵得怎么样？难道已经输了？"

一听这话，和尚蹭蹭下巴说：

"没——有，还没输呢。"

从好几年前开始，市政府为了镇上的发展，计划填海造地。想要保护大自然的人对此开展了反对活动。千穗的爸爸也是率先站出来的一个人。

因为反对者出乎意料得多，市政府惊慌失措，因而修改了计划，决定在填海造地的位置建设新学校，把千穗他们已经破旧的小学也搬迁过去。这个办法相当奏效，反对活动立刻偃旗息鼓。以前大张旗鼓反对破坏大自然，甚至散发传单的人也开始避开这个话题。

而且，最有力的反对者，也是PTA①主席的幽光寺住持在任期结束后并未再次当选。因为大家都想把自己的孩子送到设施更好的新学校去。

① PTA，是Parent-Teacher Association的英文缩写，是日本学校中家长与教师建立的联络组织，性质上属于社会教育关系团体。

工程已经开始，三条腿的巨大混凝土块不断地扔进大海。就市议会的成员来看，也并不存在反对活动获得成功、填海造地中止的希望。千穗说得对——"你那边吵输了"。

"千穗，今天你的班主任要去吧？"爸爸转移了话题。

"嗯。"

"健治呢？"

"五年级是一班的班主任和校长两个人跟去。"

"校长不会半路上就筋疲力尽吧？"爸爸笑了。

"最讨厌的是，雅树跟我一个班！"哥哥抱怨道，"因为他到处乱跑，根本不听话。"

雅树是个体重五十二公斤的小胖墩。不过，更让他出名的，是议员大山先生孙子的身份。他虽然并不任性，但是总爱讲道理，喜欢争论。前一阵班级里开展了关于如何看待填海造地的讨论，当时他也针对健治等人的自然保护观点热情地提出了他支持填海造地的主张。

"这座镇子没有平整的土地，因此只能从削山造地和填海造地当中二选一。削山填海可以扩大陆地面积，增加人类生存的土地。这是人类自古以来的目标。我很清楚大自然是很重要的，但是人类更加重要。

"健治同学主张必须把这片沙滩保留到后世。但是，我认为如果后世的人们喜欢沙滩，他们可以轻而易举地建造出来。因为到时候科学就会发展到那种水平。"

"即使可以那样，贝壳和比目鱼也回不来了。"健治说。

"不，我觉得从其他地方找来进行养殖的话，很快就可以增加。"雅树反驳道，然后他大声说，"比目鱼和贝壳很重要，但是用它们交换的是公园、体育馆等好几百人可以生活的土地。不要只考虑损失，还要考虑收益。如果这样，我认为哪一种选择更好是显而易见的。"

"好，就到这里吧。"老师说。然后，他想要结束讨论似的说："选择比目鱼和贝壳的人请举手。"

以健治为首的两三个人纷纷举手。人渐渐多起来，差不多有一半。

"那么，选择网球场和公园的人呢？"

一听这话，剩下的一半同学精神饱满地说"我"，举起了手。

"老师，最后是哪一方赢了呢？"芳子天真无邪地问。

"这是个难题啊。这是人类永远的课题吧。"老师低声嘟囔道。

镇上的钟响了，报时八点。

"爸爸，洛佩在拉肚子，请你时不时给它扫扫竹帘子。"

哥哥一边背双肩包，一边说。

"好，好。"

"洛佩，洛佩。"

哥哥又一次打开兔子小屋，抱抱洛佩，这次又命令千穗道：

　　"一回到家，你就赶紧打扫小屋。"

2.
大事件

　　五年级学生首先朝着海拔七百八十米的日向山出发了。在三面环抱镇子的山峦中，它是最高的。校长打着绑腿，走在最前面。

　　哥哥看看千穗的脸，得意地笑了。因为哥哥的好朋友，有着可爱酒窝的岛真理子紧跟在他身后，所以他看上去很高兴。旁边就是帽檐压得低低的小胖墩大山雅树同学。他已经在大叫大嚷地开玩笑了。

　　下一个出发的是吉川老师率领的千穗所在的四年级。他们要穿过镇上热闹的街道，去最多花三十分钟就可以到达的海边。因为可以带零食去，所以大家觉得就像在远足。

"那个时候呀，海面上有蓝色火焰闪闪发光呢。"一个孩子说。

另一个男孩子说："肯定是宇宙飞船想要降落在海面上，结果撞上混凝土块了。然后又飞起来了。我看见有一个像巨大影子的蓝色东西飞到山那边去了，真的!"

今天早晨像地震一样的冲击，其实是海岸边用混凝土块建造的堤防塌了，这件事已经传开了。

那个工程是填海造地的第一阶段，是用混凝土块在海里建造城墙一样的隔断。高度好不容易才达到超出海面一米左右，它就突然"哗啦啦"塌了二三十米宽，碎块坠入了大海。

那一瞬间，海面笼罩着蓝色光芒，一块巨大包袱皮似的影子轻飘飘地飞进了山，很多人都看见了。不过，关于那个影子似的东西，有人说像秃头妖怪的脑袋，有的人说形状像鳐鱼，还有人说像超人的披风。

吉川老师走到身边的时候，千穗问了问老师的看法。

"我也不知道呀。就我想象的话，觉得那个冲击不是混凝土塌了导致的。应该是地震吧。混凝土是因为地震才塌的，而且地震的能量产生了光。常常听说大地震的时候会发光，而且根据光的位置和方向，只有某种高度固定的云才会被照亮。也许就是那片云看上去像妖怪吧。"

"是这样啊。原来不是外星人呀，真没意思。"男孩子们叫唤起来。进城之后，妈妈们站在各条道路旁挥手，有的还跟自己的孩子打招呼，越发热闹起来。

很快大海就出现在眼前。果然，长达两百米左右的混凝土堤防正中央缺了一段，就像掉了牙。

虽然称为沙滩，但这里并没有足以容纳人们海水浴的广阔海滨。只是一片宽约二十米、长约五百米、小石头很多的海滩而已。这也可以理解，为什么很多人都赞成填海造地。可是，千穗从小到大都在这片沙滩捡贝壳、捉螃蟹。

海浪冲刷的沙滩上，有时候刚看见沙子形态奇特地蠕动，就能立刻发现鲽鱼正在沙子底下斜着眼睛向外瞧。她还捡到过咸梅干颜色的海星。钓鱼的人还送过她小眼绿鳍鱼。绿松石颜色的胸鳍让她看入了迷。她也在海藻中抓到过小章鱼，茶色海藻的颜色就像天狗的羽毛扇。嘬着橙色嘴唇，鳞片闪着翠绿色光芒在拖网中蹦来蹦去的凸额鹦嘴鱼也曾让她看得忘记了呼吸。原来这世上真的有绿色的鱼啊——她感到难以置信。这片大海会被填埋而消失，是她无法忍受的。

仿佛是看透了千穗心中所想，吉川老师在开始写生之前，对大家说：

"这是一片很快就会消失的沙滩，所以我们要趁现在尽情欣赏大海的美景，把它画下来。我们要用自己的眼睛找到大海的美丽。这样，我们才能培养出对美的感受力。

"只要大家拥有对美的感受力，就不可能发生破坏大自然的事。请大家完成出色的画作，以便将来能够对你们的孩子说，这座镇子以前也曾拥有美丽的沙滩。然后要提醒大家几点——不要踩踏晾晒的渔网；不要进入混凝土工地；不要攀爬混凝土块；可以吃点心，但是不能随便拿出便当吃哦；注意不要随地扔废纸。好了，去吧。"

千穗花了些时间走来走去寻找好地方，最后在一艘搁浅在沙滩上已经废弃不用的小破船旁边坐下来，展开了画板。她的右手是一段小堤防，对面是港口。

一群"呱呱"叫的乌鸦正飞舞着攻击一只老鹰。

几名渔夫正在离她很近的地方编织渔网。

"开民宿也不是件容易事。公寓现在多得到处都是。停车场好像不错。"

千穗想起来，爸爸说对于填海造地这件事最积极的不是别人，正是这些渔夫。据说，如果填海工程搞起来，镇里会向渔业工会支付好几亿的补偿金。

"这大海已经腐烂了。昨天晚上还飞出来妖怪呢。"

千穗有些悲伤，因为他们说这美丽的大海腐烂了。腐烂的或许不是大海，而是渔夫们。

"把蓝笔借给我吧。"君子打着如意小算盘来求她，"全用的是蓝色，都用光了。"

君子看见千穗还在用铅笔勾勒轮廓，于是说了声"借给我吧"，就把千穗的蜡笔连着盒子一起拿走了。

过了一会儿，千穗去找正在离她不远的岩石上画画的君子取蜡笔。结果君子说："我再用一下下，一下下就好。"想要捂住盒子不给她。

"你可真狡猾。"

千穗想从君子手里抢回来，可是用力过猛，向后摔了个屁股蹲，不由得叫起来："哎哟，好疼！"

蜡笔也在这时散落，掉进了大海。

"啊！蜡笔投海自尽了。"男孩们笑起来。

"呜哇——"

君子立刻号啕大哭，因为她把令人惧怕的"吵架大王"千穗的蜡笔掉进海里了。

可是，千穗并没有生君子的气。爱撒娇的小不点儿君子从幼儿园开始就一直和她在一起，就像她的小跟班。君子反而先发制人地哭了起来。小武正在一旁得意扬扬地看笑话，没想到千穗突然一把抢走他的蜡笔，一溜烟跑了：

"我借你的用用哦！"

小武去追她，但是大家"哇哦"一起哄，他就停下了，抬手挠挠后脑勺。

跑完五十米只要七秒多的千穗是四年级跑得最快的。她从小在宽敞的寺院里四处奔跑，爬到松树顶上，在石头台阶上跳来跳去，因而运动神经绝不落后于人。玩闪避球游戏的时候，她投球特别厉害，还把男孩子都弄哭过。

"千穗，今天吵架吗？"胖乎乎细眯眼的由美绘从一旁跑过来问。

"如果你想的话。"

"今天我要去参加生日会呢，而且也没有作业呀。"

千穗取出她的红色记事本。

"那我们重新约一天吵？"

"让我想想哦。"

由美绘思忖片刻说："算了，我们还是别吵了。我告诉你，五年级的大山同学说下次要让你哭一场。"

"真……傻……呀。那个小胖猪。"

然后，千穗开始认真地画画。

千穗的画从来没有得到过老师的表扬，她也从来没有觉得自己画得好。但是，她从小就喜欢画画。

她用蓝色蜡笔使劲儿地涂好海平线。

"把小武一整支蓝色蜡笔都用光，也不太好吧？不太好，对吧，千穗？"

就在自言自语之间，她发现海面反射着微弱的阳光，看上去并不是蓝色的，而是近乎灰色。

灰色的海面到处都有光点在不断闪烁，仿佛星星落入了水中。

如果涂成灰色，会显得很黯淡吧。是不是该画上那些星星呢？海面上有星星，海底有城市。啊，对呀，不是本来就有竹荚鱼和章鱼居住的城市吗？不是既有褐藻、裙带菜的行道树，也有马尾藻的草丛吗？

千穗的心转眼间就沉浸在了绘画的世界中。

哥哥有一次教过我烟花的画法。就用那种方法吧。

首先，画上热闹的海底城市。接着涂上蓝色，回头再把上面的蓝色擦得浅一点儿就行。千穗试着画了一个砖砌的章鱼小屋，再涂上蓝色，然后用铅笔屁股把蓝色蹭掉。于是极具海底氛围的色彩就出现了。

千穗非常高兴。

"那是幼儿园嘛，幼儿园。"千穗说漏了嘴。一开始想只用蓝色就把大海全都涂满，完全就是幼儿园小孩的思路嘛。

吉川老师领着小武走来。

"千穗，你把小武的蜡笔拿走了是吧？"

老师说着一看千穗的画："哦哟，这可是幅杰

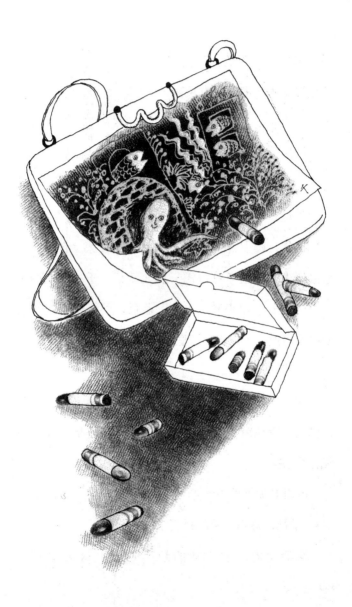

作啊!"

"你给我用用好吗?"千穗温和地对小武说。

小武不吃这一套,缠着老师问:"老师,我可以不画画吗?"

"你没带蜡笔来吗?"老师追问千穗。

"我带来了。"

"那你为什么不用自己的?"

"我的蜡笔是高度近视。"千穗说,"所以,它们看大海去了。然后用无线对讲机把看到的海景'嗞——嗞——'地发给我,我再画下来。"

"也就是说,你把蜡笔掉进海里了?"

"对,对,正是如此。"千穗开玩笑道。

"老师,我的蜡笔会怎么样呢?"小武模仿千穗的语气问。

"就是啊,会怎么样呢?"千穗说着,用白色蜡笔使劲儿涂好天空。

"你找别人借吧。"听见老师不耐烦的回答,小武捡起一个小石头使劲儿扔进大海，这件事算是结束了。

"你在少年棒球队打哪个位置呀?"老师充满期待地问。

"游击手，也打二垒。"小武说着，跑掉了。

吃完便当，写生活动结束，大家集合回家，按照离家近的次序依次解散。

薄云渐渐覆盖整个天空，突然觉得冷飕飕的，仿佛冬天又回来了。

千穗换上红色的圆领毛衣，穿上黑色的灯芯绒裤，按照哥哥的吩咐，首先打扫了洛佩的小屋。洛佩的粪便已经干燥多了，爪子上的污物它也自己舔干净了不少，并不太脏。但是，它看起来依然不太舒服，一想起来就两条后腿"咚咚"地在地上跺。

千穗接着又去了书法补习班。

也许是因为写生活动上画的画受到了老师的表扬，千穗练字也很专心。

"今天柳同学的字笔锋有力，非常好。"

书法老师是一位下巴上留着白胡子的爷爷。他在"天地"两字的各个地方画上了双重红圆圈。

千穗比平时多练了三十分钟字。就在她登上寺门石台阶的时候，听见身后有非比寻常的脚步声，于是回头一看：

"啊，老师。"

"快去叫你爸爸！"

吉川老师气喘吁吁地喊着。他一边叫喊一边超过千穗，跑向正殿。千穗也奔跑起来。

"事故，发生事故了……"

"是交通事故吗？"

千穗愣住了。

爸爸打开正殿大门，穿着袈裟，大吃一惊地注视着跑进来的老师和千穗。

"请赶快跟我来。健治同学在日向山里迷路了。还有另外三个孩子也不见了。"

在爸爸身后，为了做法事而身穿和服等礼服聚集在正殿里的人们露出充满疑惑的脸。

"迷路？"和尚茫然地问。

吉川老师紧接着说："家长们这就要去日向山，您能来吗？"

见他的神情非同小可，和尚猛然间慌张起来。

"现在就走。我去通知一下。"

爸爸走进正殿后，喧哗声在做法事的人群中响起。

"咚，咚，咚。"

兔子小屋里，洛佩正在耍脾气。要说起来，洛佩的样子一直不同于往常。难道洛佩本能地感知到了哥哥的灾难？

"和尚师傅，您可以在车上换衣服，我们赶快走。"

千穗听见吉川老师在喊叫，她也飞快地跑进起居室，取出一个小篮子，里面装着平时洛佩散步时系在身体和脖子上的皮绳子，然后从小屋中一把抱起洛佩，塞进篮子里，沿着石阶跑下去。

令人吃惊的是，山门前停着幼儿园的面包车，车里坐着三名老师和几位家长，甚至还有戴着黑框眼镜的报社记者。他们都忧心忡忡。

刚刚换好便服，还穿着白色布袜的爸爸，拎着鞋子跟在千穗身后钻进了汽车。

从隔壁幼儿园借来的面包车，轰隆隆地发动引擎出发了。

爬日向山的孩子们走的是自古以来就有的老山路，现在还有一条名叫"蓝色天际线"的收费公路。它经过日向山山顶稍偏南侧靠下的地方，通往邻市。面包车径直向天际线开去。

3.
日向山

吉川老师在车上进行了如下的情况说明。

虽然已到下午两点的集合时间，可是校长和柳健治同学担任组长的四人小组还没有出现。另外三个孩子是大山雅树、中本友世和岛真理子。领队青山裕子老师让孩子们分头寻找。

"健治！"

"校长！"

"真理子！"

在早春红褐色芒草依然干枯的原野上，呼唤声从四面八方响起。

刚开始的时候，大家理所当然地以为四个孩子和校长在一起，有校长带领着他们，因此没有一个人当真担心。校长擅长观察大自然，每次发现通草的果实，都爱摘给孩子吃。他还曾得意扬扬地吃荬蓬果子给孩子们看。要说起来，昨天他还给青山老师展示了一本名叫《花草游戏》的书，翻到《芒草雕鸮的制作方法》那一页说：

"如果是秋天呀，就可以让孩子们做这个了。可是，春天山上什么都没有，没有任何东西可以拿来做花草游戏。三色堇也要到四月份才开。"

因为校长有这样的兴趣爱好，所以大家猜测他是想到了某个有趣的游戏，让四个孩子玩呢。

"老师！发现背包！"

男孩子们在远处齐声高喊。

青山老师和其他人都立刻飞奔过去。

越过一座山丘，眼前出现绿油油的马醉木树丛，中间夹杂着红色和蓝色。就在这时，一个、两个、三个黑色的东西活力十足地升到了天空。那是乌鸦。

四个人的随身物品整齐地放在那里，便当盒是打开的。乌鸦就是在啄食里面的食物。

看到这番景象，青山老师忐忑不安，内心升起不祥的预感。孩子们也顿时鸦雀无声，一言不发。其中一个便当，尽管已经过了两点半，却明显还没有吃过一口，方便筷也是干干净净的。

有人说："对了，吃便当的时候，我听到了惨叫声。"女孩子们哭起来。大家七嘴八舌地叫嚷着赶快回去。

青山老师认为必须立即和学校联系，但是为此必须下山到有电话的地方去。也就是说，这和带领所有人下山是一样的结果。

只能这样做——青山老师看着孩子们心惊胆战的表情，渐渐下定了决心。

"要把健治他们的双肩包带走吗？"长谷川同学询

问的时候，青山老师非常生气：

"那健治他们回来的时候找不到背包岂不是很着急？"

"就是呀，傻瓜。"大家也纷纷责备长谷川同学。青山老师从记事本上撕下一张纸，写上"大家先下山了，老师回来接你们"，并摘下一根发卡，牢牢地别在蓝色双肩包的兜上，逃跑一般下了山。大约三十分钟后，老师从最近的居民家中给学校打了电话。

在办公室里拿起话筒的是吉川老师。他恰好在和当地《东洋日报》社的记者说话。这位记者听说学校的生物课外小组为了预知地震，买来了鲇鱼，于是来学校拍鲇鱼的照片。

"怎么办呢？现阶段就报警好像也不合适。"

结果吉川老师就和报社记者商量起来。

"是啊，把事情闹得太大也不太好。事后会被大家笑话的。"

那是没什么危险性的日向山。更何况，除了迷路的四个孩子之外，还有校长呢。现在才下午四点，天也还亮着，要是小题大做地报了警，万一校长带着四个孩子抱着野花悠闲地下了山，场面就真的惨不忍睹了。然而，吉川老师内心的担忧却越来越强烈。青山老师害怕的声音从话筒那边传来，让他也预感到某种事件即将发生。

"这样吧，先只和老师们以及失踪的四个孩子的家长联系，一起去找，如何？"

听黑框眼镜的记者这样说，吉川老师和其他老师都觉得这样最好。

"那我先说明情况，从幼儿园借一辆面包车。"

那位报社记者是幼儿园的 PTA 主席。既然决定不报警，按照报社记者说的做，就是最好的办法了。

吉川老师查找花名册，试图和四个孩子的家长联系时，面包车已经开进了运动场。于是，大家就乘坐面包车挨家挨户去了四个学生家，直接把家长接上了车。

在大山议员的宅邸，两个男性秘书立刻上了车。岛真理子家上车的是正在备战高考的哥哥。中本友世家没有人，隔壁点心铺的老板说："这可了不得。她妈妈去哪里了我不知道，我替她去找吧。"然后就上了车。友世家是只有母女二人的单亲家庭。然后，面包车来到了幽光寺。

"大山同学是个什么样性格的孩子呀？"

黑框眼镜的报社记者显示出了他的职业意识，询问男性秘书。

"少爷啊，是个相当聪明、行动力强的孩子。从好的意义层面上来讲，是个孩子王，也很擅长体育。"

这种时候询问这种内容的记者让吉川老师感到相当可恨，然而面包车是记者帮忙借来的，因此老师闭上嘴没有抱怨。

记者终于拿出记事本开始记录。

"这位是真理子同学的哥哥吧？"

脸色苍白瘦削的真理子哥哥正专心致志地阅读参

考书，眼镜片闪闪发光。他吓了一跳，抬起头来。

"希望真理子平安无事。请你说一两句吧。"

"她可能是离家出走了。"

考生说了这一句，又一次沉浸在小小铅字的世界中。

"中本同学是个什么样的孩子呢？"

点心铺的大叔迫不及待，滔滔不绝地开口道：

"她是个很懂礼貌、听话的好孩子。她会帮妈妈做家务事，学习成绩也好，可是一点儿都不张扬，是个思虑非常周全的孩子。就像个成年人，不，比成年人还靠得住。难以想象竟然发生这种事。早晨她还那么精神饱满……"

就连报社记者都露出几分听腻了的表情，转头问千穗父亲：

"和尚师傅，您现在什么心情？"

"傻瓜！"住持吐出这句话。听到住持的最后通牒，黑框眼镜的记者老实了。

很快，面包车到达了日向山山顶的登山口。从这条汽车道仰望，依然干枯的褪色芒草原野沐浴在金色的夕阳光芒下，能一眼看到圆形的山顶。一派祥和静谧的春季风景。

"竟然会迷路，怎么都想不到啊。"

大家纷纷嘟囔道。

这一带的山岭自古以来就是附近农民常常去割草的地方，因此只有茂盛的芒草，并无大树。不过，从山顶绕到西边的那片斜面是为了保护水源而禁止砍伐的林地，植被茂密，还有几种只存在于那里的知名珍贵植物。

如果真是发生了什么事故，唯一能想到的就是他们进入了那片森林。但是，四个人的双肩包放置的地方和森林的方向完全不同。

很快，他们遇到一位农妇打扮的奶奶分开枯草从小道上下山而来。奶奶说她在山上经营茶铺，背着的马架上有一个四方的竹笼子，里面放着汽水和牛奶咖啡的瓶子。

这条路很窄，一个人通过都需要分开芒草。奶奶停住了脚，布满皱纹的脸庞不知为何面如土色。

"你们还没找到孩子吧？"奶奶压低声音说，"是被掳走了，被妖怪掳走了。"

"妖怪？"

大家感到毛骨悚然。因为奶奶的神色和声音都惊恐无比。

"我刚才看见妖怪了。"

奶奶接着往下说："要是平时，这个时间我早该下山了。今天是因为一个女老师请我多留会儿，我也觉得孩子们万一来了没有人很可怜，所以一直没收摊。就在刚才……"奶奶说着喘了一口气，"一个男人不知道从哪里来到茶铺门口。他很胖，穿着一件深蓝色的外套。"

"有关东煮吗？"男人问。奶奶给他上了关东煮。

男人狼吞虎咽地嚼起来。奶奶无意间看着他，越

看越莫名地感到害怕，一股寒意从脊梁上窜过。

"门牙应该是四方形的，可是他的牙齿像獠牙一样，是尖锐的三角形。所有的牙齿都像犬齿一样是三角形。过去啊，有画妖怪的画，仔细一看，就是那种嘴巴。他的眼睛也特别奇怪，眼珠子很小，白眼仁还发红，活像鱼眼睛。我这心里嘀咕着，仔细一瞧——他一根眼睫毛都没有。"

男人付完钱就离开了。

这真是个让人不舒服的男人啊——奶奶心里想着，目送他离开。这时又发现了另一件怪事。那个男人身后，有很大一块范围略微发暗。"也就是说，那家伙的影子啊，颜色非常浅，而且非常大，一点儿都不像人类的形状。背上啊，就像长出了鱼鳍似的。他肯定是妖怪。我害怕得不得了，就不顾一切地跑下山来了。"

"我说，这怎么可能啊？"和尚师傅观察着她的脸色道，"哪有妖怪啊。"

"这可说不准。"千穗说，"因为奶奶说自己是亲眼看见的。"

"先不管有没有妖怪，的确是发生了怪事。"报社记者说。

一行人的脚步也沉重起来。他们感到自己正不断被卷入可怕的事件当中，就连风吹过干枯芒草的声音都变得格外刺耳。

很快大家就到达了山顶。

山顶海拔大约八百米。云层遮住了夕阳，山岭骤然变成了灰色的寒冷世界。

大家呼唤了一阵名字，但是没有任何回应。

"我们先去放随身物品的地方看看吧。"

他们立刻就找到了地方，一切都和孩子们下山时一样，青山老师留下的字条依然用发卡别在哥哥的双肩包上。

"我们得快点儿，要不然天黑了。分头找吧。"吉川老师说。但是，在这傍晚的山岭，四周已经暗下来，大家不敢分开，因此都磨磨蹭蹭的。

千穗打开篮子，把洛佩放出来。

"洛佩，你说说，哥哥从这儿去哪里了？"

洛佩用后腿站起来，脊背挺得直直的，使劲儿地嗅着山里的空气。突然，它"咚咚"地跺起脚，目不转睛地注视着千穗的脸庞，仿佛在说："跟我来。"它的神色就像人类一样沉着。

然后，它"哒哒"地奔向了芒草原野。

"喂，停下！等等！不许擅自行动！"

二年级的班主任老师大声呵斥道，语气就像在说：现在这可不是带兔子散步的时候。但千穗不听，并不回答。

兔子不像狗，无法左右两条腿交换奔跑，因此拴着绳子带它散步是有窍门的。不过千穗不愿意让洛佩感到疲惫，干脆松开了牵绳子的手。

洛佩的速度虽然加快了，但是慢跑着可以赶上它。

千穗不断在草原上前进，大人也不能置之不理，于是很快就追上来。他们渐渐明白，洛佩是在领着大家去某个地方。

"它不是警犬，是警兔啊。"大山同学的秘书叔叔气喘吁吁地说。这个人也许是雅树的亲戚，有着和他相似的不倒翁体形。

越过两座芒草覆盖的缓坡，他们来到一个地方。那里距离收费公路很近，道路就在正下方，还能远远俯瞰邻市的广阔市区。

那里孤零零立着两个人影，好像是年轻人。洛佩径直向那里跑去。

已经上上下下跑了将近一公里的山路，大人们都喘不上气来。紧跟在洛佩身后的只有千穗一个人。其余的大人们离得远远的，聚成一小团。真理子备考的哥哥掉了队，在很远很远的后方，就像个小黑点。

两位青年似乎误以为少女是想抓住逃跑的兔子，于是拦住洛佩的去路想要逮住它。

"别碰兔子！"千穗叫起来。洛佩这时候停住了脚。

"你在干什么？"

貌似大学生的青年露出了洁白的牙齿。

在不远处的草地上，有一驾醒目的红黄两色滑翔翼。

千穗解释了自己和兔子在寻找什么。

"我们从大约两点开始就在这里，但是完全没有注意到。"

洛佩仿佛已经疲惫不堪，决定在此好好休息，伸直两条并拢的后腿，尽情舒展身体，连眼睛都闭上了。

千穗忽然想到："用那驾滑翔翼高高地飞到天上去，从上面往下面看，是不是就能看清楚了？"

"如果可以的话。"

青年苦笑着解释道，因为风太大，而且方向不好，所以飞不起来。

"这两个小时，我们一直在等风向变化呢。现在的话，可能会飞到那边去。"

青年指着的，是一片已经完全黑下来的禁止砍伐的大森林。

"要是在那边被迫着落，就会挂在树上，弄坏机体。"

两个人向滑翔翼走去。他们难得从下面的城里爬到山上来，一次都没有飞就要下山，他们也不甘心。

"干脆，飞一飞试试？"

"可是，这风啊……"

就在这时，一阵风突然"嗖"地顺着山脊吹下来，仿佛在说"你说得对"。

滑翔翼开始"嘎达，嘎达，嘎达"地抖动。

"你看，就是这种情况。没办法。喂，我们回去吧。"

这时，风声更大了，青年们不由得缩起脖子，转身背对风吹来的方向。

"哎呀！要飞了！"

"糟糕！"

"哎呀，洛佩！"

洛佩是什么时候跑到那里去的呢？开始滑行的滑翔翼翅膀挂住了洛佩的绳子，正把它拖拽起来呢。

千穗不顾一切地跑起来，一把抓住绳子的一头，接着又猛然松开了它，竭尽全力地跳向滑翔翼。她松开好不容易才抓住的洛佩的绳子，是因为那一瞬间的手感让她感到如果人和滑翔翼拉拽起来，洛佩立刻就会被勒住，它的小小身躯可能会粉身碎骨。

千穗跳起来抓住滑翔翼的时候，她的重量让滑翔翼停了一下，但是一阵狂风从正下方吹起，犹如红蓝

黄彩色玻璃一样鲜艳的滑翔翼轻盈地飞上了天空。

一瞬间，下方传来"哇——"的刺耳喊叫声，接下来只剩下风的呼啸声穿透她的耳膜。

"洛佩！洛佩！"

千穗呼喊着。她没有余力去看清洛佩的情况，只顾得上牢牢抓住滑翔翼翅膀下的横梁。

然后，她发现自己在不断上升。在这个过程中，她突然感到自己被白色的东西击中，就像星星在黑暗中四溅，头部仿佛发生了爆炸，她失去了知觉。

4.
梦中的风景

美丽的晚霞覆盖了整个天空。

日向山延伸出去的浑圆山岭上，几缕金黄色的云彩正沿着山的棱线飘动。

东方的天空闪耀着浅玫瑰色的光芒，西方黄色、橙色的艳丽光芒则像大海一样广阔。这光芒将山峦浸染成红得发黑的颜色，还包裹着千穗的脸庞、脖颈、双腿和双脚。

"哥哥。"

哥哥在遥远的前方漫步，如同一只黑色小鹿。千穗还小，因此无论怎样追赶都追不上他。黑点越来越小。

"等等——哥哥！"

可是，哥哥连头都不回。他好像十分着急。千穗快要哭起来。

这时候，晚霞的红色很快变成深红色，开始发黑，天空泛着血色，山峦变成了胭脂色。

从傍晚到黄昏，从黄昏到日暮，从日暮到天黑，夜晚一步一步，从容不迫地走来。

哥哥小鹿似的身影已经看不见。尽管如此，千穗依然没有哭，朝着哥哥离开的方向奔跑。

虽然有路，但是山上覆盖着草原，一不小心就会迷失在芒草的原野之中。千穗仔细地看着脚下向前走。

忽然，四周嘈杂起来。千穗以为是干枯的芒草随风摆动，然而并非如此。

茶色的地面出现了细小的裂纹，有什么东西慢悠悠地爬来爬去。

慢悠悠，密密麻麻

　　慢吞吞，晃晃悠悠

　　成百上千只茶色的大蟾蜍出现在千穗面前，覆盖了一切。蟾蜍们叽叽咕咕悲伤地呢喃着。

　　蜉蝣去哪儿了

　　大蚊子去哪儿了

　　慢吞吞，晃悠悠

　　吐吐舌头，吐吐舌头

　　金龟子，蜗牛

　　为什么不出来迎接我

　　蟾蜍们呼出的湿漉漉气息吹拂在千穗脸颊上，然而千穗并没有感到恶心，她注视着充满善意、散发着橙色光彩的小眼睛。

泥土的褥垫和绿草丛

小池塘和清澈的水

只要有它们就足够

密密麻麻，晃晃悠悠

"我哥哥去哪儿了？"千穗下定决心问蟾蜍。

话音刚落，蟾蜍们惊慌失措地踩着千穗的额头、脸蛋，四散而逃。

紧跟着，浅绿色的东西开始从地面上蹦起来。一看，飞起的是刚刚羽化的蚱蜢，薄薄的翅膀仿佛是透明的，犹如火山爆发时猛烈喷出的石头和沙粒，一个接一个地涌上来，整个视野都被蚱蜢覆盖。

蚱蜢，吧嗒吧嗒，蚱蜢，吧嗒吧嗒

怒气冲冲的白茅草是弟弟

芒草的哥哥是河堤的主人

生在土里，吸食露水

草叶底下歇口气

升马唐①，牛筋草②，狗尾草

怀念吃草的过往

"你们知道我哥哥在哪儿吗？"

听她这样问，蚱蜢们"吧嗒吧嗒"扑扇着翅膀，一起飞向高处，小得如同芝麻粒，然后就看不见了。

眼前只剩下染成暗红色的西方天空。这时，整片天空仿佛开始分割成红黑色的小小圆形，一眨眼工夫，就变成了一大群好几十万只、好几百万只的瓢虫。接着，瓢虫们时而张开翅膀，时而合上翅膀，开始歌唱。

不要继续污染

---

① 升马唐是一种优良牧草，也是果园旱田中危害庄稼的主要杂草。
② 牛筋草原产印度，现分布于中国南北各省区及全世界温带和热带地区。它的叶片质地非常柔韧，会被收集起来当成绳索使用，因此得名。

因为这里是家乡

不要继续破坏

因为这里是家乡

一只瓢虫差点儿就钻进了千穗的耳朵。

虽然这片原野很小

虽然这条河很窄

因为这里是故乡

因为这里是故乡

"请等等，瓢虫先生！"

就在千穗呼喊的时候，瓢虫的身影如同一股青烟瞬间散去，虚无缥缈，声音逐渐远去。四周真的暗下来了。

千穗怀疑自己死了，或者是落入洞底，又感到也许只是天黑了而已。很快，仿佛新的灯光照亮了舞台，一道蓝色的强光从远处照射过来，越来越耀眼，照亮了四周。

那蓝色越靠上越明亮，还泛起粼粼波光。千穗双脚站立的地方是浓得发黑的深蓝色，而胸口和脸颊周围却像笼罩了一层群青色的薄纱，头顶上又是淡蓝色。她觉得自己像是站在湖底仰望水面。

"哥哥会在哪儿呢?"

千穗自言自语。这声音就像圆鼓鼓的小米粒，"咕嘟咕嘟"地上升，又瘪掉，变成深沉的余音。

很快，头顶上犹如蓝色湖水的东西开始"呼啦啦"地摇动，呈现出钴燃烧时的金属光泽。千穗想起了曾经在昆虫博物馆见过的热带闪蝶翅膀的光芒。

"吧嗒，吧嗒，吧嗒。"

千穗听见翅膀扇动的声音。她仰头一看，一大群翠鸟遮住了头顶的天空。翠鸟们开始歌唱。

蓝色小鸟的便当

是可爱的鲫鱼

可爱鲫鱼的便当

是小巧的青鳉鱼

小巧青鳉鱼的便当

是更小的潮虫

水池里的一切都是便当

叫作便当池

　　这时候，千穗的肚子周围突然响起了另一种歌声，她这才发现，不知何时，胸口、肚子、腿周围聚集着密密麻麻的青黑色鲫鱼。它们用胸鳍打着拍子，和着翠鸟的声音唱道：

便当池里的便当

总是精神饱满

如果便当感冒

吃掉它们的也会感冒

如果便当死去

大家会很快死去吧

便当们因此

和大家都是好朋友、好伙伴

忽然，一条鲫鱼在千穗的脸庞边游过。那是一条
七厘米都不到的小鲫鱼，可是它的的确确是哥哥。

"哥哥!"

千穗的喊声惊动了这一大群鲫鱼。它们闪烁着
银色的鳞片，在千穗脸颊四周狂舞，卷起漩涡。好几
条鲫鱼在惊慌中撞上了千穗的脸，还钻进了千穗的头
发里。

接着，四周突然安静下来。

水的感触忽然消失了，取而代之的是冰一般的寒
冷，在四周凝固。

花瓣儿一样的白色东西从天空飘落。

下雪了，而千穗独自一人孤零零地伫立在纯白的

原野中央。

雪无声地下个不停。

千穗在书中读到过，如果在雪中睡着，就会死去。

冷得不得了的时候，是感觉不到困意的。很快，不知道是适应了寒冷，还是感觉变得麻木，总之，一旦不再觉得冷，就会困得不得了。

最后，千穗跪在雪地里，把身体蜷缩起来。上眼皮和下眼皮自然而然地合在了一起，她已经无法抵抗。

雪一刻不停地继续飘落。千穗的黑发上已经有了积雪。

——是雪吗？不是雪，是花瓣儿——咦？也不是花瓣儿。是耳朵。啊，是兔子！是洛佩！洛佩——

雪落在千穗的脸蛋上。

——啊，是洛佩在舔舐。洛佩竟然用舌头在舔，它有几年没这样做了？

　　一岁之前，当洛佩还是一只兔宝宝的时候，它总爱把千穗的手心舔个遍。洛佩舌头的触感，就像小猫一样粗糙，但是又比小猫的柔软。可最近这两年，它一次都不愿意舔了。

　　"洛佩！"

　　千穗想把洛佩抱起来，一下子醒过神来。

　　没有白雪覆盖的原野。

　　可是，洛佩就在眼前。而且洛佩真的正在舔舐千穗的脸蛋。

　　"啊，你苏醒了，太好了。"洛佩说道。

　　千穗观察着周围的景象，眼睛瞪得像铜铃。

　　微暗的森林里，夜晚即将降临。对面不远处，落下的滑翔翼露出了红翅膀。

　　"洛佩。"千穗不由得抱起洛佩，"这是哪儿？"

　　"这里是蜡笔王国。"洛佩清楚地回答。

"洛佩，你刚才说什么？洛佩，你刚才说话了！"

"嗯。"

洛佩高兴地点点头。

"因为这里是蜡笔王国呀，大家都能说话。不，大家一直都在说话，只不过人类听不懂而已。"

"这是哪儿？"千穗又问了一遍同样的问题，"为什么？为什么我会在这里？"

"我和千穗，必须去救哥哥。所以才来到了蜡笔王国。"

"哥哥在蜡笔王国？"

"不是哟。我现在就仔细给你讲讲这是怎么一回事。"

四周已经彻底暗下来，可是洛佩一点儿都不在意，它在树桩上坐下，开始娓娓道来。

5.
魔鬼鲨

以前，很久很久以前。

蜡笔王国有一座名叫乞力马富士的大山，山东边的山谷里，住着一位名叫瓦尼埃蒙的著名陶匠。那一带包围在广袤的森林和险峻的峡谷中，没有人愿意靠近。但是瓦尼埃蒙对东谷的泥土非常满意，而且将那一带茂盛的山茱萸作为柴火而烧制出来的陶罐，有着不可思议的高级手感。

森林里的动物和小鸟们，都是瓦尼埃蒙的好伙伴。瓦尼埃蒙从早到晚都和它们聊天度过，因此没有其他人存在并未让他感到苦恼。就在这个过程中，瓦尼埃蒙扬名天下，人们开始到访深山，请他做陶罐和茶杯。

有一天，一个长着鲨鱼面孔的大个子可怕男人，拄着手杖飘然而来。他这样说道：

"我是恶魔灰鲭鲨鬼，我决定从今天开始在这东谷住下，所以前来拜访。"

瓦尼埃蒙心想，这下可麻烦了，然而面对魔鬼他束手无策。他强颜欢笑道："请您多多关照。"

可怕的事情立刻就发生了。灰鲭鲨鬼会施魔法，可以把任何生物都变成他想要的模样。把老鼠变成蝙蝠，把狗变成猫，对他来说都轻而易举。他一会儿把大象变成蜗牛，一会儿又把老鹰变成麻雀。

和瓦尼埃蒙关系亲密的动物们，一个接一个舍弃东谷逃走了。"去了东谷就会被魔鬼吃掉"的谣言传开，来购买陶器的人也顿时销声匿迹。

灰鲭鲨鬼时不时去瓦尼埃蒙的作坊看看。有一次，他变成一只苍蝇，落在刚准备进窑的酒壶嘴上。一张大包袱皮似的微暗影子从酒壶嘴展开，因而瓦尼埃蒙立刻就发现了那是魔鬼。

苍蝇钻进了酒壶里。"太好了！"瓦尼埃蒙用树枝堵上壶嘴，连忙把酒壶放进窑里，将火烧得越来越旺。

隔了一段时间，瓦尼埃蒙觉得应该已经烧制好了，于是战战兢兢地把酒壶从窑里取出来。

无论颜色还是手感都是上乘的。

恶魔怎么样了？——瓦尼埃蒙仔仔细细地端详着手心里的酒壶思忖着。就在这时，"噼噼啪啪"的碎裂声响起，酒壶粉碎，灰鲭鲨鬼一下子出现在眼前。

"哈哈哈。"

灰鲭鲨鬼注视着浑身颤抖的瓦尼埃蒙，高兴地说：

"今后，我会时常钻进你的陶罐子里。然后，当你煞费苦心做好的罐子刚刚烧制成功，我就让它彻底粉碎。因为，比起吃掉你，用这种方法欺负你，会让我愉快得多。你听清楚了，如果你真是配得上名家称号的人，就烧制一个能束缚我力量的漂亮陶罐给我看看。也就是说，让我的恶和你的美决一胜负，看看谁的力量更强大。"

"哼！"瓦尼埃蒙心想，我无论如何也要打倒这个魔鬼，还必须让飞禽走兽的好朋友都回到东谷来。

可是，日复一日，他的手一碰到从窑里取出来的陶罐，罐子就会立刻粉碎。"哈哈哈！"灰鲭鲨鬼的嘲笑声响彻东谷。

但是，瓦尼埃蒙并未放弃，也没有逃跑。他寻找好泥土，熬制新鲜的树木汁液来上釉，绞尽脑汁思考更漂亮的设计。

有一天，好朋友雕鸮在守窑的瓦尼埃蒙身边停了下来。

"我最终还是决定离开这片土地了。昨天，灰鲭鲨鬼揪掉了我家孩子的耳朵，把它变成了猫头鹰。

我的亲生孩子被变成了猫头鹰，我哪还有力气活下去啊。"雕鸮说。

"你等等。"瓦尼埃蒙说。

"我把我的耳朵送给你。我的工作是不需要耳朵的。而且，我也不想一大早就听见魔鬼的笑声。"

雕鸮高兴地带走了瓦尼埃蒙的耳朵。

有一天，瓦尼埃蒙正在泉边思考陶罐上的图案，突然"啪嚓"一声，从天空中掉下来一只野鸭。瓦尼埃蒙一看，一支箭残忍地插在野鸭的左眼上。

"灰鲭鲨鬼射中了我。"

野鸭痛苦地说。

"我本来右眼就是瞎的，现在左眼被射中了，什么都看不见了。眼睛看不见，我就活不下去。迟早一死，不如你把我吃了吧。"

"你等等。"

瓦尼埃蒙用小刀剜出自己的左眼送给了野鸭。

"既然我有两只眼睛，而你一只都没有，那我就送给你一只，这就是朋友该做的事。"

有一天，一头消瘦衰弱、毛也掉光的狼步履蹒跚地走来了。

"瓦尼埃蒙先生，你能给我一口吃的吗？我已经三天三夜没吃东西了。"

"我也没有吃的。"工作得筋疲力尽的瓦尼埃蒙说。

"不过，如果你想吃，我可以把左臂送给你。"
狼高兴地取走了他的左臂。

瓦尼埃蒙悲伤不已。不知道还要继续和魔鬼战斗多少年啊？在那期间，他会制作成千上万个陶罐吧？然而，剩下的东西，只有堆积如山的白色碎片。

尽管如此，只剩一只眼、一只手的瓦尼埃蒙仍然鼓起最后的勇气，在山中流浪，寻找新的泥土。

傍晚时分，他来到一座山峰的最高处，那里有一座静悄悄的圆形池塘。而四周是绵延不绝的山茱萸，树干粗得一个人都抱不过来。

迄今为止，自己砍断了多少棵山茱萸的小树，烧成了灰烬啊？如果那些树还活着，明明也会长成这样茁壮的高大树木呢。

一想到这里，瓦尼埃蒙就感到从未有过的疲惫沉重地压在自己身上。自己以往都干了些什么啊？他注视着漂浮在水面上的一大群水黾，问道：

"我到底有没有做过一两件好事呢？"

的确有一段时间，他制做了上千个陶罐，人们花费重金来购买。可是，这并没有什么了不起的，灰鲭鲨鬼已经证明了这一点。

瓦尼埃蒙已经不愿再继续活下去了。一轮满月从东方的天空升起。

我跳进这个池塘一死了之吧。

就在他下定决心的时候，一个黑色的东西蹦了出来，拖着两腿轻轻地不断靠近他。那是一头大黑熊。

瓦尼埃蒙已经打定了寻死的主意，因此主动走近皮毛在月光下熠熠生辉的黑熊，说道：

"你把我吃了吧。我活着也没用。"

熊把它湿漉漉的大鼻子凑到瓦尼埃蒙的脸上。然后低吼道：

"我当然是想吃掉你才出来的。不过，你这老头长得可真难看呐。你为什么没有耳朵呢？"

瓦尼埃蒙告诉他自己把耳朵送给雕鸮了。

熊的双眼泛起盈盈泪花。

"你的左眼为什么没有了？"

瓦尼埃蒙告诉他自己把眼睛送给了野鸭。

熊吸了吸鼻涕。

"你的胳膊为什么只有一只呢?"

瓦尼埃蒙告诉他自己把胳膊送给了狼。

眼泪像断了线的珠子从熊的眼睛里涌出。

"你真是个了不起的家伙,是个有用的家伙。你再看看池塘里你的影子,仔仔细细地看。"

说完,它就离开了。

瓦尼埃蒙按照熊的吩咐,在如同明镜的池塘里照了照自己的模样。

他仔仔细细地往里看。就在那一瞬间,雪白的山茱萸花朵绽放,开遍了整个蓝色的池底。在花丛正中央,落下一轮柠檬色的满月。

——就是它!

瓦尼埃蒙感到自己的整个身体猛然间变得滚烫。就用这个图案的陶罐,再一次和魔鬼一决胜负吧。

瓦尼埃蒙朝着山茱萸树林的方向深深地弯腰鞠躬，然后捡起落在地上的枯枝。就在这期间，他也逐步在脑海中完成了构思。

瓦尼埃蒙用颤抖的双手轻轻取出了烧制成功的陶罐。

一秒钟，两秒钟……一分钟，十分钟……

没有发生任何事情。大陶罐在瓦尼埃蒙的怀中，仿佛拥有生命一般温热。

陶罐的底色是群青，它将蓝色的精华展现得淋漓尽致，上面是四片花瓣的洁白山茱萸花和淡淡肉粉色的满月。

实在是太漂亮了。灰鲭鲨鬼怎么样了呢？他忘记钻进陶罐，又会在哪里呢？

没有找到确凿的胜利证据，瓦尼埃蒙在不安中度过了一夜。然后，他第二天早晨再一次端详陶罐。不可思议的是，蓝底的一部分变得略微发黑，唯有那个地方凸起，变成了鲨鱼的形状。而且，那鲨鱼作为图案来说也无可挑剔，姿态优美地存在于最合适的位置。

恶魔灰鲭鲨被彻底封存于陶罐当中了。

那个罐子最终成为蜡笔王国的宝物，存放在宫中的珍宝殿，只有在新年装饰宴会餐桌的时候，才拿出来使用。

后来，又过去了好几百年。

那件事发生在因为暴躁易怒而出名的黄金十八世国王的时代。

在新年的王宫大厅里，正在举行热闹非凡的欢庆盛宴。

大厅里飘荡着音乐声，充满美酒佳肴的香味。象征着一年时光变迁的三百六十五头的辉煌水晶灯照耀着男男女女。男人们身穿富有光泽的黑色礼服，胸口戴满了勋章，贵夫人们则包裹在犹如糖纸一般五颜六色的长裙中。

粗大的洁白大理石柱打磨得光滑透亮，仿佛镜子一样可以照出人们的脸庞。石柱上部直达天花板，全部以精致的雕刻装饰。那是这个世界上所有动物形象的浮雕，动物的眼睛里镶嵌着红宝石、钻石、祖母绿和猫眼石等宝石。它们散发着璀璨而耀眼的光芒，犹如天堂里的星空。

突然，音乐声戛然而止。国王兴致勃勃的声音响起：

"太愉快了。今天，所有的一切都如此美丽。尤其是那边。"国王说着，看了一眼华丽而色彩缤纷的女宾席。

"我来问问大家。在这个大厅里，今天最美丽的是什么？"

这在女士们当中掀起了波澜。因为当时的大王还是一位青年，正在挑选王后。

大王要确定王后人选了！紧张的气氛一下子蔓延开来，大家都鸦雀无声。大王走下王位，大步流星地来到窗边。为了今天的宴会，瓦尼埃蒙的陶罐摆放在那里，插着来自秋天的、尚未凋谢的白色野菊花。

大王取出一枝花，饶有兴趣地环视大家，带着几分醉意这样说道：

"就是这枝纤细的野花，这间大厅里所有东西，都比不上这枝花美丽。不是这样吗？大家不这么认为吗？"

这玩笑让在场的人都松了一口气，大家齐声高喊："大王英明。"

华尔兹的音乐再次响起，舞会开始。一位大臣与首席女官一边跳舞一边说：

"照大王刚才的话来看，恐怕今天在座的女性，没有一个他满意的吧？"

"大王说他喜欢更有乡村气息的姑娘。"

"我女儿必须换身衣服再来参加今晚的舞会。对了，那种珍珠项链戴着也没有任何意义。这里的宝石，要多少有多少。如同大王所说，这里缺少的，是那枝野菊花一样的感觉。"

晚上的舞会在休息后再次开始，这时候，济济一堂的贵妇和小姐们，穿着打扮与先前已经迥然不同，变得朴实无华。对于大王的无心之语，大家做出了和大臣相同的解释。

暴躁大王黄金十八世年轻的脸庞，因为愤怒而陡然变得通红。

大王大步流星走向女宾席。瓦尼埃蒙插着野菊花的陶罐恰好就在那里的窗边。

大王措辞殷勤却又目光锐利地问："玫瑰伯爵的千金，你觉得这个陶罐和菊花，哪一个更美呢？"

身着粗糙碎白点花纹布衣，村姑打扮的伯爵千金用几乎听不见的声音说："当然是野菊花更美。"

"那么，我把这枝花送给你。"

大王把一枝菊花插在千金的头上。

"如果你说陶罐更美丽，我送你的当然就会是陶罐了。咖喱公爵夫人，您怎么看？"

"我认为还是陶罐更美。"年近五十的公爵夫人微笑着，沉稳地回答。

"那我就把陶罐送给您吧。"大王若无其事地说。

沉默的叹息在四周流淌。

"你呢？"

大王问身旁的一位小姐。

"我也觉得陶罐更美。"

面对大王的提问，"陶罐""陶罐"的声音像涟漪一样荡漾开来。因为，得到瓦尼埃蒙的陶罐，才是真正拥有名扬天下的宝物，这个陶罐价值好几百亿呢。而得到野菊花的话，不到十天就会枯萎。自从大王说他将送出陶罐，再也没有一个人选择野菊花。

"好的。"大王抱着陶罐一边走回宝座，一边说，"我答应把陶罐送给大家。国王必须遵守诺言。但是，陶罐只有一个。因此，我将这样做。"

大王冷不丁把瓦尼埃蒙的陶罐举过头顶，朝着大理石柱用力掷去。

"哗啦！"

陶罐摔裂，碎片飞溅。

"来吧，大家可以一人拿一块碎片回家！"

可是，就在这一瞬间，忽然刮起寒风，非同一般的情况发生了。

一股浑浊的白雾遮盖了水晶灯的光芒，同时，一个长着鲨鱼面孔、背上有鱼鳍的大个子男人的声音响彻大厅：

"接受诅咒吧，蜡笔王国！我是恶魔灰鲭鲨鬼。"

灰鲭鲨鬼冲着惨叫的贵妇们"呼"地吹出一口腐臭的气息，美丽女性的倩影消失了，只有蜥蜴、青蛙、蛇、蜘蛛在地上缓慢地爬行。

大家惊吓之余，都冻僵似的一动不动。可是，下一个瞬间，某种白色的小东西从地面上三四成群轻盈地飞舞起来。它们看上去就像菜粉蝶，但仔细一瞧就能发现，那是很小很小的白兔，它们扇动着犹如翅膀的两只耳朵，"啪"地紧紧贴在了灰鲭鲨鬼的眼睛上。

"唔！唔！"

灰鲭鲨鬼伸出鱼鳍一样的手在自己的眼睛上又抓又挠，可是小白兔一只接一只不断地贴在它眼睛上。

七只，八只，九只……小兔子们是从描绘在瓦尼埃蒙陶罐的洁白山茱萸花朵里蹦出来的。

不久，灰鲭鲨鬼便撕心裂肺地惨叫着倒在地上，震得大地轰轰作响。他再也无法动弹。只见灰鲭鲨鬼的眼睛被四个花瓣的白色山茱萸花遮得严严实实。很快，随着"嘎吱嘎吱"的呻吟，变成蛇和青蛙的女士们也恢复了原有的模样。

瓦尼埃蒙画在陶罐上的山茱萸花，变成同样数量的白兔，遮住魔鬼的眼睛之后，只剩下三只了。

大王把这三只白兔放在掌心，恭敬地问：

"你们叫什么名字？然后，该如何处置这个魔鬼？"

"我们是蜡笔王国的花花兔。"

三只乒乓球大小的白兔回答。

"这个魔鬼，如果沉入没有人的安静大海，也许能睡上好几万年。而且，我们会仔仔细细看守着他，保护蜡笔王国不受到他的侵犯。"

大王把灰鲭鲨鬼沉入了无人居住的遥远大海。

洛佩的故事很长，终于讲完了。

"那么，是填海的工程让灰鲭鲨鬼复活了？"千穗问。

"我想，应该是混凝土块直接砸到了灰鲭鲨鬼的眼睛上，山茱萸花掉下来了。"

洛佩的嘴巴一蠕动，白色的胡须就跟着不停摇摆。

"洛佩果然是花花兔呀。还能在空中飞。"

一听这话，洛佩垂头丧气地说：

"我是花花兔的后代，尽管承担着看守灰鲭鲨鬼的任务，却没有那种力量。如果能接触到山茱萸花，就可以成为原来的花花兔。可是自从离开山茱萸花，已经过去了漫长的岁月，我现在就是一只普通的兔子。所以，我的工作是找到花花兔生活的山茱萸树，把伙伴们叫来。不过，我必须先进宫，把灰鲭鲨鬼复活的消息告诉大王。"

在千穗脑海里，失去知觉时浮现在眼前的极其鲜艳的幻境一幕幕地复苏了。尤其是哥哥变成鲫鱼的场景。

"也许情况就是那样。"洛佩说。

"其他的孩子也被变成了蚱蜢、蜗牛和翠鸟。要是不快点儿解救他们，就来不及了。因为昆虫的寿命很短暂。快，我们走吧。"

洛佩朝着森林深处前进。千穗嗅着潮湿土壤的气息，拨开像蛇一样垂在额前的白背爬藤榕的枝条，追赶着洛佩。

在深沉的夜色中，洛佩的身影犹如一个弹跳滚动而去的白色小球。千穗忘我地追随着它，生怕跟丢了。

6.
前往蜡笔王国

"咕咚，咕咚。"

千穗浑身都跟着马车在震动。她茫然地回忆着从昨晚开始的一幕又一幕，难以想象那都是真的。

——我是在做梦？不，不是梦——

她依稀记得是在一条隧道的入口坐上小马车的。然后，洛佩说："接下来的路还长着呢，最好是睡一觉。"它首先就趴在千穗的膝盖上睡着了。刚开始的时候，千穗顾不上睡觉，然而隧道仿佛永远走不到头，她也不知不觉地睡着了。

洛佩依然蜷伏在千穗旁边的座位上，睡得又香又甜。

千穗想起来，洛佩刚到家里来的那一天迷路了。当时还没有小兔屋，所以暂时把它放在了纸盒里。那是爸爸的照相机盒子，非常小，而洛佩更小，所以她认为洛佩不可能从那么深的盒子里跑出来。

吃完晚饭，千穗再次查看洛佩的时候，发现盒子空了，于是大叫起来。

和尚师傅和哥哥也拼命寻找。最后，千穗终于在浴室的更衣室角落里找到了它。当时，洛佩正像现在这样蜷成一团，睡得很香。洛佩从盒子里跑出来，走过长长的走廊，跳下对于小小的它来说过高的台阶，也许到了那里就累得走不动了。

在洛佩的指引下，千穗乘上了这辆不可思议的马车，如果现在叫醒洛佩，发现它和平常一样，就是一只普通的兔子，该怎么办呢？想到这里，千穗突然害怕起来。

马车的窗户上挂着绿色窗帘，现在是合上的。清晨的阳光从窗帘缝里洒进来。可是，窗帘外等待自己的会是怎样的可怕景象呢？千穗没有勇气看外面。

突然，不知从哪里传来一个声音：

"你已经醒了呀？"千穗呆若木鸡地蜷缩起身体。身旁的洛佩的确还在睡觉。那么究竟这里还有谁呢？

"很快就到了哟。"

啊，原来是马在说话——千穗花了好长时间才领悟。

千穗伸出手，鼓起勇气拉开窗帘。

清爽的清晨空气一下子吹进来，同时，千穗"啊"地惊叫起来。

这是一番多么美丽的景象啊。

一望无际的辽阔原野上，大大小小的缓坡错落有致，仿佛紧贴在原野对面的湛蓝天空熠熠生辉。从那里发出的明亮的太阳光，"哗啦哗啦"倾注而下，包裹着四周。

千穗并非从未见过这样壮观的景象。一年级的秋天，她去信州美之原的时候也见过，去年暑假去北海道佐吕别原野开车兜风的时候，也是这样的风景。

可是，尽管如此，她依然感到现在呈现在眼前的景象，和迄今为止见过的任何风景都完全不同，是一个崭新的世界。

她无法清楚地解释到底哪里不同，但总之颜色不一样。

她未曾想到，原来天空是这样蔚蓝，云朵是这样洁白，阳光犹如沐浴在黄金之中。她从来没有见过这样的树叶，竟然有着不知几百种相异的绿色，每一片都生机勃勃，润泽明亮。她也从来没有见过，马车行进的道路仿佛拥有生命，一直延伸到前方遥远的尽头，泛着淡茶色的光芒。

颜色拥有生命，一边呼吸一边熠熠生辉。而且更不可思议的是，鲜艳的色彩让世界更有深度，充满了立体感。这是千穗第一次看见这些色彩时感受到的震惊，而在今后停留在蜡笔王国的漫长时光中，千穗会渐渐对这些色彩感到习以为常。

或许是心理作用，千穗甚至感到吸入的空气在穿过喉咙的时候都带着令人愉悦的味道，同时，新的勇气又在她的内心涌起。

不久，在远处的树林中，近处的山丘上开始出现红色、蓝色屋顶的时候，洛佩醒了。和平常一样，它给前爪抹上唾沫，开始像小猫似的仔仔细细洗脸。那副模样和平时可爱的兔子洛佩完全相同，实在难以相信它竟然会说话。

千穗问："我们接下来去哪儿？"

"去西边的孔雀殿。"洛佩回答。

"啊？孔雀是大王？"

"不是。"

洛佩微笑着说："虽然名叫孔雀，但并不是鸟哟，千穗。是用孔雀石建造的。在蜡笔王国，除了大王居住的王宫，还有东边的翡翠殿、南边的珊瑚殿、北边的水晶殿和西边的孔雀殿四座离宫。无论去哪一座宫殿应该都能联系上大臣。西边的孔雀殿是最近的。"

千穗不知道孔雀石是什么样的石头，但那一定是非常宏伟的建筑。一想到这里，她就忘记了自己肩负的艰巨任务，高兴起来。

很快，马车就到达了孔雀殿前。那是一座漂亮的建筑物，拥有五座华丽的尖顶塔。整个建筑物呈三面环绕的布局，是用打磨得发亮的深绿色孔雀石建造，有些地方点缀着浅黑色和白色条纹图案。而且，笼罩整个建筑物的肃静，宣告着这里的平安无事。

两个人刚从马车上下来，一只鸽子就突然从一座尖塔上飞落。它的黑色制服前胸佩戴着很多勋章，看来是守卫这座离宫的队长。

洛佩示意千穗在外等候，与鸽子一起走进了离宫。

忽然听见“哗啦”一声，原来是正面的喷泉朝着天空高高喷起，千穗不由得吓了一跳。

其中一股喷泉高度超过了约二十米高的塔尖，架起了美丽的彩虹。

千穗正看得入迷，忽见蓝色天空中零星出现了白色的鸟儿。七只，十只，十二只……

那是鹈鹕从四面八方向着彩虹飞来。看来喷泉就是召唤鹈鹕集合的信号。

当接近一百只白色鹈鹕陆陆续续降落在喷泉前面的时候，洛佩和鸽子从孔雀殿正门走了出来。千穗一瞧，洛佩穿着黑色晨礼服，手拿真丝礼帽，就连胡须尖儿都像抹过油似的亮晶晶。

“洛佩你好过分，只顾自己打扮得这么漂亮。”千穗生气地噘起了嘴。

洛佩为难地说：“因为它们说这里没有童装……不过，反正到了珊瑚殿就能想办法解决。”

“啊？要去珊瑚殿？”

"它们说大臣们正在那里举行将棋^①比赛。"

"哎呀哎呀，又得在马车上晃悠呀。我的屁股都长茧了。"

洛佩别有意味地一笑，捋捋抹了油的胡须说：

"快点儿，别磨磨蹭蹭的，赶快上马车。"

他们回到马车停放的正门广场一看，一大群鹈鹕把马车包围了起来。鹈鹕们嘴里衔着长长的缆绳。有的鹈鹕正将缆绳绑在马车顶的铁环上；还有的在自己脚边逡巡。马儿却一匹都看不见，是去哪儿了呢？

"难道这次……"

见千穗眼睛一亮，洛佩若无其事地说："千穗，珊瑚殿在海中的小岛上，所以这次没法用马拉我们去了。"

一百只鹈鹕将一百根缆绳绑在马车顶上。

---

① 一种日本的棋类游戏。

很快，拍动翅膀的声音同时响起，载着千穗他们的车厢轻飘飘地升上了天空。眼看着孔雀殿的五座塔越来越小，千穗他们的影子不断飘远。头顶上传来鹈鹕们的歌声。

是粉色的云朵哟

是粉色的希望哟

是粉色的节奏哟

并不遥远

不在彼岸

是粉色的花哟

是粉色的风哟

是粉色的梦想哟

不知不觉中，他们来到了蔚蓝的大海上。没有任何障碍物，鹈鹕急速下降。

这时候，一群海豚轻盈地跃出水面，仿佛在和空中的鹈鹕们比赛。那番景象犹如黑色的野牛群飞奔着穿过绿色原野。

高度继续降低。

"关严窗户。"洛佩提醒道。

车底触碰海面，巨大的响声从地板传来，却又随着光线忽然变暗而安静下来。

"啊，好漂亮的鱼！"

蔚蓝色的尾斑光腮鱼、黄色的镊口鱼、橙色的海葵鱼等热带鱼群，从窗外经过。不知何时已经潜入了大海。不知多少只紫色海葵成群结队跃入千穗的眼帘。软珊瑚、柳珊瑚和木珊瑚海绵等，有红有白，还有黄色，如美丽的花田一块接一块展现在眼前。烟雾一般的水母们翩翩游动。

随着"哗啦啦"的水花声响起，炫目的光芒从窗外亮堂堂地照进来，车轮着地的感觉顺着硬邦邦的座

位传上来。

"嘎啦嘎啦嘎啦"——伴随着很有气势的声音，马车在珊瑚礁建造的白色长沙滩上着陆，接着便摇摇晃晃前进了大约一百米。

眼前出现一座高大的中式瓦屋顶城门，屋檐高高翘起。建筑物是淡红色的珊瑚建造的。

入口处戒备森严，守卫是持枪的熊。大概是提前打过招呼，洛佩一靠近，它们就迅速立正举枪。千穗模仿洛佩微微点头示意，悠然地穿过城门。

通往宫殿的宽阔石头路，也是用珊瑚铺成的。几乎从白色到深粉色的不同颜色就像马赛克一样组合在一起。他们沿着路前行，不久就来到一座犹如龙宫的殿堂正门。这座宫殿除了银灰色的瓦，其余部分都用彻底打磨的粉色珊瑚建造。

来到这里就能发现，岛屿完全就是一座小巧的珊瑚礁。除了夺目的白色沙滩和建造其上的淡粉色宫殿外，没有其他任何东西。

三只系着黑色领结、身穿燕尾服的火烈鸟一动不动地站在正门的接待处，犹如盒子里的标本。洛佩向他们走去。其中最高的一只缓缓伏下像蛇一样长的脖子，把脸凑到洛佩耳朵的高度。它睁开小得就像用针尖戳开的眼睛问：

　　"请问您要找哪位大臣啊？"

　　"请转告总理，花花兔紧急求见。"洛佩说，耀武扬威的模样甚至有些显得滑稽。火烈鸟一听这话，恭恭敬敬地回答："立刻，立刻，我现在就带您去，花花兔大人。总理已经在等您了。"

　　还有，洛佩看看千穗说：

　　"请带我的朋友去休息一下。"

　　"是，明白了。"

　　火烈鸟吩咐另一只矮个子鸟儿：

　　"请带花花兔大人的朋友去十号房间。"

　　"还有，"洛佩又说，"我的朋友是从遥远的国度匆忙赶来的，因此，她没有准备任何替换物品。衣服和日用品，请帮她备齐。"

"是，明白了。"

洛佩和个子最高的火烈鸟一起去见总理大臣了，另一只火烈鸟则领着千穗前往等候室。他们在亮晶晶的粉色珊瑚走廊里绕来转去，最后，火烈鸟在一扇门前停下，"咔嚓"一声插入钥匙，打开了房门。

"请您在这里好好休息，我现在立刻去给您拿换洗的衣服。"

那个房间很精致，就像酒店的客房。对于就想舒舒服服地躺下休息、不受任何人打扰的千穗来说，这个房间正中下怀。

没过一会儿，火烈鸟就推来一个带轮子的铁制衣柜，安放在房间的角落里。

"这里给您准备了换洗衣服。如果您有事，请按那边的铃。"

火烈鸟离开房间时，门外传来"咣当"一声。千穗吓了一跳，悄悄打开门一看，原来房门上部挂好了一个牌子，上面写着"国宾洛佩大人房间"。

千穗突然感到十分疲倦。她想，要是现在美美地睡到自然醒，该多舒服呀。千穗决定在洛佩回来之前先睡一觉。

她想看看有没有睡衣，打开衣柜门一瞧，不禁高兴得哈哈大笑。衣柜里挂满了色彩缤纷、令人心动的裙子，有十条……二十条……三十条左右呢。

设计独特的衣领、满意的纽扣、华丽的裙褶……

瞌睡虫一下子就飞了。

"太好啦，来个时装秀吧。"千岁拍着手掌自言自语地说。她高兴极了，在穿衣镜前拿起这件扯来那件，一会儿穿，一会儿脱，不知不觉，太阳已经西沉了。

她偶然向窗外一看——"哎呀呀，大海冲上来啦！"

涨潮了。纯白的沙滩几乎全都沉没在蓝色的水底。从城门通往宫殿的红珊瑚路也消失了一半。只有宫殿和高大的城门孤零零地漂浮在水中，越发增添了梦幻色彩。

洛佩急匆匆地进了门就说：

"明天上午十点要召开内阁会议，决定如何处置灰鲭鲨鬼。"

"决定？决定什么？"千穗问。

"决定抓他还是不抓他。"

"啊？要是不抓的话会怎么样？"千穗反问道，"洛佩，这是怎么回事？难道要对灰鲭鲨鬼置之不理吗？"

洛佩叹口气说："千穗，灰鲭鲨鬼是恶魔。但是，有意见认为人类也是一种恶魔。还有观点主张，在灰鲭鲨鬼对付人类期间，可以暂时观望。"

千穗茫然地听着这番奇怪的言论。

"洛佩，你在说什么？要是这样的话，哥哥怎么办？"

"当然就不能救他了。"洛佩解释道，其实蜡笔王国刚才收到了灰鲭鲨鬼的来信。灰鲭鲨鬼在信中说，自己下定决心要消灭过度增加且对于其他所有生物都有危害的人类。除了这件事，他对其他事情并无兴趣。因此，眼下蜡笔王国的大臣们正处于一种不断蔓延的混乱状态中。

"所以啊，明天的内阁会议究竟会怎么样，现在谁都说不清呢。"

7.
举行大会

——哎哟哟，蜡笔大臣们都戴着眼镜儿呢。

千穗和洛佩并排坐在会场最后面的位置，注视着大臣们一个接一个地入场。

不知道是不是心理作用，千穗觉得大臣们的身高都和自己写生时掉进大海的蜡笔一模一样。白蜡笔的矮个子，肉色的高个子，还有茶色断成两半的腰杆……

如果是这样，大家肯定都是愿意营救哥哥的伙伴。

蜡笔大臣们都穿着各自颜色的长袍，头上戴着小矮人那样的三角形尖帽，戴着各自颜色的眼镜。他们在围着主席座位的半圆形桌子旁一落座，就从头上摘下帽子，放在了桌上。这样一来，他们各自颜色的长头发就很醒目了。

变色龙架着仿佛就要从鼻子上滑下来的眼镜，穿着十二色竖条纹长袍，坐在正中央的主席座位上。它是蜡笔王国的总理大臣，红、蓝、白、黄等十二种颜色的蜡笔是治理这个王国的大臣。

在主席座位的后方有一座高台，摆放着黄金大王落座的黄金椅子，正发出璀璨夺目的光芒。在舞台正中央，准备了一大张屏幕。最高处悬挂着一块十二种颜色条纹图案的布匹，看起来是国旗。

变色龙不耐烦地"叮铃，叮铃，叮铃"敲了三遍放在桌上的铃铛，宣布会议开始。

大臣们站起来，齐声哼唱起《让我们跨过彩虹桥》的国歌。千穗不会唱这首歌，于是默不作声。本来就有人提醒过她，进了会场，一句话都不能说，所以她只管双眼圆睁，争取一件事都不看漏、一句话都不听漏，十分紧张。

"咳咳咳，"变色龙就像一位无力的老人一样清清嗓子开始讲话，"我们祈祷今年将是和平的一年。可是，灾祸已降临蜡笔王国。据花花兔的报告和灰鲭鲨鬼自己的来信，明确显示那个恶魔已经复活。我们蜡笔王国不得不做出决定，是立即将其逮捕，还是相信他只对付人类的承诺。这件事之所以发生，本来就是因为人类破坏的手触及了沉没这个恶魔的安全区域。从某种意义上来说，这是人类自作自受。但是，这绝不代表灰鲭鲨鬼对于我们国家来说没有危害。过往的历史也告诉了我们这一点。自昨晚起，诸位大臣应该已经得出了各自的结论。接下来，我们从左手的座位开始依次发言。"

于是红蜡笔站了起来。

"灰鲭鲨鬼是恶魔。人类虽然是有很多缺点的

动物，但毕竟是地球上生物的伙伴。我们必须拯救人类。"

是啊，是啊——千穗差点儿叫出声来。

"而且，人类是拥有美丽心灵的动物。来，大家请看。"

红蜡笔按下桌子旁边的按钮，正前方的宽大屏幕立刻变亮，投下影像。

那是飘着雪花的夜晚，驯鹿拉着雪橇在飞奔。雪橇上坐着的是穿着大红色衣服、垂着白色胡须的圣诞老人。圣诞老人扛着大袋子，下了雪橇，从烟囱钻进了屋。屋子里，孩子们正在挂着袜子的床上酣睡。圣诞老人温柔地注视着孩子们，解开了袋绳。

"世界上还有如此美丽的景象吗？人类是憧憬美好事物、寻求美好事物的动物。这是一目了然的，圣诞老人的礼物是什么呢？这不是商品，而是为了让人明白，给予他人快乐才是最大的愉悦。"

"我不这么认为。"红蜡笔旁边的蓝蜡笔站了起来。

同时，圣诞夜从屏幕上消失，变成了清澈的泉水从深谷中涌出的景色。水伴着纯净的音乐"哗啦啦"地流淌。然而，当画面上出现居民房屋时，洗衣服的脏水泡泡、污物不断地从屋子里涌入水中。水的音乐也开始掺杂摩擦声，变得浑浊。

很快，河流进入了工业区，眼看着就变成了浑浊黏稠的臭烘烘液体。音乐声听起来也变成了喘不过气来的野兽呻吟。

"人类在污染干净东西这一点上，简直就是天才。应该让人类受点儿灰鲭鲨鬼的惩罚。"

蓝蜡笔旁边的白蜡笔站了起来。

"我呀，觉得人类有非常善良的一面哟，尤其是孩子们。"

画面又一次变成了雪景。很多孩子正聚集在一起堆雪人。他们把圆溜溜的脑袋使劲儿举起来放在雪人身体上，将两颗旧电池竖着插进去当作眼睛，把铅笔横过来做嘴巴，竖着贴上一片茶花叶子当作鼻子。

一个孩子把蓝色的小桶倒过来扣在脑袋上。一个更小的孩子取来树枝，插在雪人身体两侧。他一定是认为没有手很奇怪。看到这样的场景，大家都笑了。

然后，一个更小的女孩子取下自己戴的红色毛线手套，套在那双干树枝做的手上。看上去像她姐姐的另一个孩子，摘下深蓝色围巾，系在雪人的脖子上。

肉色蜡笔摇摇头，看上去对此并不赞成。不久，他站了起来。

那个颜色我几乎就没用过——伴着不祥的预感，千穗想起了这一点。屏幕上出现了一只略带红色的美丽鸟儿。

"这是现在濒临灭绝的朱鹮。如此美丽的鸟，就是人类杀死的。我希望大家能够仔仔细细地审视这一历史事实。"

被枪击中的鸟儿，被细网捕捉而被杀害的鸟儿，一眨眼工夫就遭到毁灭的几十亿只旅鸽——这样的画面一帧帧出现。

"是不是有些言过其实了呢？"草绿色蜡笔和蔼可亲地说。

"我想请大家了解一下，人类也得到过这样的称赞。"

接着，屏幕上出现了圆白菜地和肆无忌惮蚕食它们的青虫。青虫们食欲极为旺盛，眼看着圆白菜就到处是洞。它们摇头晃脑唱着歌：

人类，你们好

你们辛勤劳动

开拓自己的世界

聪明人，勤快人

我和你是朋友

聪明人是好朋友

人类，谢谢

"这难道是草绿色大臣的意见？大臣的意见竟然和

愚蠢的毛毛虫一样，难以置信！"

蔚蓝色蜡笔愤怒地拍案而起。

"人类是地球上最愚蠢的。这种傻瓜，还是再少些的好！"

画面上，工厂烟囱冒出的滚滚浓烟、亚硫酸气体转瞬就变成发黑的雾霾，遮蔽了天空的蔚蓝，把它变成可怕的铅灰色。接着，因为罹患支气管炎、哮喘而痛苦不堪地躺在医院病床上的人们出现在屏幕上。

于是黄色蜡笔安慰道：

"人类也许是傻瓜。但是，我会把不好的地方变成优点。"

一轮满月在山顶上升起。在农家的廊檐上，摆放着糯米圆子，装饰着芒草穗。人们正在赏月。

"尽管赏月没有什么益处，但是人类仍然以这种方式由衷地表达自己的谢意。摆放芒草，是因为芒草是铺在屋顶的材料。他们在感谢作为天空之神的月亮，保佑他们的家园经受台风肆虐依旧安然无恙，得以迎来丰收的秋天。这样的心灵难道不美好吗？这种态度难道不高尚吗？"

"那么，我接下来想请大家看看正好与此相反、贪得无厌的一面。"茶色蜡笔恶狠狠地说。

画面里是一头茶色的牛。牛从早到晚穿着鼻环，被鞭打着耕田。每天早晨，它的乳汁被机器吸光，牛粪被当作肥料。上了年纪衰老之后，牛就遭到宰杀，被卖到肉店里。皮革做成鞋、包。牛角变成了印章。

"茶色大臣似乎格外强调人类丑陋的一面啊。"

灰色蜡笔站起来，画面里同时传来孩子的声音。

一起玩耍吧，一起玩耍吧

和地藏菩萨一起玩耍吧

石头做的地藏菩萨站在山顶上。

放学回家的孩子们背着双肩包，摘下身后花丛中盛开的红色茶花，用线串成一串。地藏菩萨前供奉着橘子。

做好茶花花环，孩子们把它挂在地藏菩萨脖子上。

"这尊石头地藏菩萨已经在这里站了好几百年。在此期间，没有一天无人供奉。"灰色蜡笔说。

"人类就是这样诚恳的动物。我们必须拯救他们。"

千穗觉得蜡笔们的每一个意见都很有道理。尽管如此，批评的声音出人意料得多，还是让她很沮丧。洛佩也许和她的心情一样。

"这样一来就是五比四了。"洛佩嘟囔道。

下一个发言的绿蜡笔展示了道路两旁的行道树杉树。它们是过去幕府时代沿路种植并精心呵护的，然而，刚决定修建铁路，就立刻被砍伐一空。后来，仅剩的杉树被冠以天然纪念物的名称再一次受到重视。可是不久之后，新的高速公路开始修建，又被砍掉了几棵。

"人类的特性就是这样多变。"

轮到黑蜡笔了。黑蜡笔在屏幕上展现的是一座大型火车站，无数的铁轨交织，无数台蒸汽机车出入于此。

"人类把诚实作为理想。人类社会是依靠说真话而运行的。请看看这座车站的景象，这许许多多的列车一分不差地从规定的车站驶向下一站。他们热爱准确。"

"可是，那也许是极少的特例哦。"最后发言的粉蜡笔大臣说。

"遗憾的是，我要举的例子完全与此相反。依我看，只能说人类有一种特殊的爱好，就是欺骗其他生物。"

出现在屏幕上的是美丽的加级鱼群。它们成群结队悠然遨游，可是人类投入大海和挂在鱼钩上的诱饵夹杂相交，一起向它们流过来。

在屏幕上，几条加级鱼立刻被钓起来。成功逃脱的加级鱼们很快又被巧妙地引入网中。

"我认为人类应该被拥有更强大力量的东西教训一

下，就算那是恶魔也没关系。"粉蜡笔斩钉截铁地说。

所有大臣都发表了意见。

"那么，我们来投票吧。"

变色龙总理宣布。

"请赞成立刻抓住灰鲭鲨鬼的大臣起立。"

红色、白色、草绿色、黄色、灰色和黑色六位大臣站起来。可是，蓝色、肉色、蔚蓝色、茶色、绿色、粉色大臣没有起身。

"六比六。"

"总理，请问您意下如何？"

"我的意见没有任何意义。我会请国王陛下作出最后的决定。不过，请大家注意，无论陛下赞同哪一方，都等同于全体成员意见一致。那么今天的会议就到此结束。"

蜡笔大臣们陆陆续续起身，从千穗他们面前经过，走向走廊。发言时站在人类一方的蜡笔们路过时都亲切地点头致意，而批评人类的大臣们则像没有看见他们似的快速通过。

——哥哥现在会是什么情况呢？

千穗茫然地思索着。哥哥会变成鲫鱼在水底的淤泥里钻来钻去吗？人类对其他生物实施的行为确实相当过分。可是，为什么非要让哥哥为此接受惩罚呢？

哥哥是个格外爱护生物的孩子。那个大山同学，倒是无论变成蚱蜢还是蜘蛛都可以称之为理所当然。

"洛佩，大王会怎么说呢？"

洛佩凝视着千穗的眼睛，然后，露出一如往常的可爱神情说："我就算只剩自己一个，也要去救哥哥。因为这就是我来到这里的目的。"

听到这话，千穗猛然间情绪激动，忍不住抱着洛佩哭了起来。

"不过，山茱萸要到五月末才开花。哥哥必须再努力支撑两个月。我们要在这两个月当中找到兔子树。"

他俩又回到了自己的房间。

傍晚时分，他们听见有谁在"咚咚"地轻轻敲门。千穗打开门一看，变色龙总理正站在她脚边。千穗大吃一惊，惊慌失措，不由得一屁股跌坐在地板上。

"花花兔大人。"

变色龙总理尽量挺直它弯曲的后背，对洛佩严肃地说：

"国王陛下任命你为灰鲭鲨鬼捕获部队最高司令员。"

千穗顿时眉开眼笑。

"太好了，小姐。"变色龙总理仰望着千穗和蔼地说。然后，严肃的神情又回到脸上："因此，请率领一支中队出发。这支队伍请从黄大臣的下属长脚蜂中队、黑大臣的熊乌鸦中队和白大臣推荐的白粉蝶中队当中挑选。如你所知，长脚蜂因为总是围绕花粉和花蜜飞来飞去，所以熟悉花朵位置。我也听说，熊乌鸦特别喜欢吃山茱萸的果实。"

"……"

见洛佩默不作声，变色龙抱歉地说：

"实力强劲的是狮子中队，但是茶色大臣持反对意见。速度快的是火烈鸟中队，然而粉大臣讨厌人类。我认为目前还是请赞同的大臣派兵为好啊。"

"乌鸦不就挺好的吗？实力强大。"千穗道。一听这话，洛佩摇摇头。它本来就讨厌乌鸦。说起来，每当乌鸦在庙里的松树上鸣叫，洛佩就生气地"咚咚"直跺脚。

"我们选长脚蜂中队吧。"

"我可不愿意！洛佩也许不害怕，可是万一被蜂蜇了，我可受不了！"

"那就选白粉蝶中队？"变色龙确认道。

他俩点点头。

好，终于要开始战斗了。可是，好几千年前开始就只存在于传说中的山茱萸树，当真能找到吗？

如果那棵树枯萎了……

8.
蟾蜍校长

"咚！咚！咚！咚！"

从某个遥远的地方传来太鼓声。

校长想起好几十年前的事来。当他还是个五六岁孩子的时候，父亲带他去位于两国的国技馆看相扑。那一场是玉锦和双叶山的较量，太精彩了。

那个时候敲响的高台鼓也是这个声音。

"哒当！哒当！哒当！"

更近的地方响起了长鼓声。不久它就变成了《杜鹃圆舞曲》的旋律，让他想起自己还是个师范学校学生的时候，曾独自一人留在昏暗的教室里反复练习风琴。

校长长长地舒了一口气，在枯叶下醒过神来。他知道，现在的自己就是一只蟾蜍。

下了一场雨。

那是个温暖的春夜。

快起床，快起床

春天来了，春天来了

快起床，快起床

春天来了，春天来了

雨滴在歌唱，倾注令人身心愉悦的轻声细语。

蟾蜍校长半睁着眼，感受着周围的动静。

泥土低吟着微微一动，应该是金龟子的幼虫翻了个身。

"噼，噼，咝，咝。"

那是小小的草种子穿破了自己的皮。

轻轻摇晃，竹子的地下茎尽情地伸了个懒腰，打了个哈欠。

蟾蜍校长缓缓地举起双手，将头顶上枯叶堆成的山推开，仿佛打开一扇门。

一瞬间，潮湿的土壤气息和大气的芬芳冲进鼻孔，渗入鼻腔深处。

白色的旌节花笔直低垂，乌樟黄得刺眼的枝条闪闪发光。还能闻到大果山胡椒的味道。

"噗嗤——"到处都是树木嫩芽伸展的声音，夹杂在雨声里。

深夜的山边热闹非凡，犹如出门远足的幼儿园小朋友在运动上集合。

"吧嗒，吧嗒。"

雨滴落在校长疙疙瘩瘩的身体上。犹如银色的天鹅绒球，安抚着紧张的肌肉。"春天来了，快起床。春天来了，快起床。"雨滴的歌声沁入校长的心脾。

"嗯，出发，出发。"

校长蟾蜍慢吞吞地迈出了第一步，两步，三步，四步。

四条腿犹如开动引擎的车轮，已经开始了愉快的无意识运动。

左前腿说："我知道该去哪儿。"右后腿一听便说："大家都等着呢。"右前腿说："想去哪儿就去哪儿。"左后腿一听便说："那个我也知道咯。"

下了一段坡，蟾蜍校长发现了和自己长得一个样儿的蟾蜍。"呱！"他不由得叫起来。

"你去哪儿？"

只听对方回答：

"我知道该去哪儿。"这和自己的左前腿说的一样，于是校长蟾蜍放下心来，和它结伴而行。

"沙，沙——"第三只出现了。

"你去哪儿？"

"想去哪儿就去哪儿。"

紧跟着，蟾蜍从四面八方出现，不知何时，校长蟾蜍成了好几十只蟾蜍队列中的一员，一起步调一致向前进。其中还有一只跳到另一只大个子雌蟾蜍背上高喊："前进！前进！"

　　蟾蜍们的脚步，已经超越了愉快，变成了某种拼尽全力、穷追不舍的东西。

　　队伍齐心协力，向着可以产卵的浅水前进。步伐的节奏也加快了不少。

　　必须赶紧去那里。那个地方一定是存在的。必须赶紧去那里。那个地方必然是存在的。

　　"呱！"

　　那只上了年纪的领头蟾蜍慌张地叫起来。去年还不存在的巨大堤坝伫立在眼前。而且，河堤上方似乎狂风骤起，刮得地面都轰隆作响。

　　但是，领头的蟾蜍立刻下定决心，开始爬上堤坝？准确无误地朝着池塘所在的方向前进。

　　堤坝上残留着某种气味，就像用火罐烧灼过一样。蟾蜍们感到笔头草的小脑袋正胆怯地触碰自己的脚心，于是快活地"呱！呱！"直叫。因为笔头草是生长在水边的植物。柔软膨胀的草芽尖黑黑地烧焦了。

"轰——"

某种东西伴随着光与地面的震动，像箭一样从眼前飞过。又是一只。

"轰——"

踩着泥土和枯草爬到堤坝最高处的蟾蜍们，感到脚心接触到的是平坦的石头。这石头就像河流一样，绵延不绝地横在眼前，没有止境地向前延伸。

突然，它们闻到刺鼻的气味。好几只蟾蜍连连惨叫。

——哎呀，糟了！这是公路！

人类的记忆在校长蟾蜍的脑海中复苏。与此同时，

总是在晨会上啰啰嗦嗦教导孩子的交通安全口号一下子都想了起来："先看右边再看左①。""先举手，绿灯行是好孩子。""可怕的汽车道，千万不要过。"

"停下！停下！"

校长蟾蜍喊叫着冲到前面。校长蟾蜍坚决的态度震慑了蟾蜍队伍，它们退回到马路边。

"要找人行横道。看好信号灯再过。"

校长蟾蜍坚定地说。他沿着路边，与道路平行，不停地向前走。

可是，无论走多远，都看不见人行横道的信号灯。

——你在干什么？

——赶快过去吧！

——方向不对！

---

① 日本的汽车和中国相反，在道路上靠左侧行驶。

蟾蜍集体的不满越来越强烈，而校长蟾蜍的信心也随之丧失。因为，那条路是机动车专用的高速公路。

终于，其他蟾蜍超过了校长蟾蜍，径直横穿马路。校长蟾蜍也跟了上去。所有蟾蜍都跟了上去。

"嗖！嗖！"

在汽车集中的炮火当中，蟾蜍们竭尽全力尽快穿过公路。然而，眼看着能移动的身躯数量不断减少。

终于，校长蟾蜍突破了灰色的地雷阵。几十只蟾蜍减少到了十几只。

蟾蜍们筋疲力尽，忍不住停下来休息。

头顶的电线上，停着两只飞越大海、同样疲惫的燕子。

"我再也不想受那种罪了。"

"只剩我们了吗，平安到达的？"

"怎么会呢？明天早上大家就都来了。"

校长蟾蜍茫然地听着燕子的对话。

"留在菲律宾多好啊。为什么要飞越那么辽阔的大海呀？"

"那不是为了养育孩子吗？"年长的燕子说。

"如果只是为了自己活下来，直接留在菲律宾就好。可是呀，要养育孩子，还是这里好啊。"

年长的燕子看上去很疲倦，它时不时歇口气，断断续续地说："你很快就会明白的……如果想多养孩子……就需要大量的虫子……这里条件好，会一口气钻出好多虫子……寒冷的冬天休养生息，到了春天，虫卵在泥土里、在水里一起孵化……柳树、樱花树、山毛榉也一起萌发新芽。那些新芽会养胖这些新出生虫子……这在热带是不可能的。那里的树木不落叶。因为新芽不是同时萌发，所以虫子出现的时期也不能统一……在这个国家，无论是昆虫还是植物都以春天作为起点，这种地方是非常适合我们的。"

"原来是这样啊。"年轻的鸟儿佩服地说，"原来我们是为了孩子们才飞越可怕大海的呀。"

"大家都是一样的。你瞧瞧下面的公路。"

两只燕子一动不动地注视着亮着灯的怪兽疯狂穿行的高速公路。每当车灯照亮道路，那黑色的印迹都在告诉它们，有多少蟾蜍遭到了碾压。

"它们也干得不错啊。"

"好，出发！"

校长蟾蜍一声令下，大家开始前进。蟾蜍们就像被电流击中，挥舞着双手紧跟其后。

——距离池塘已经很近了。

蟾蜍们已经连续走了两公里，筋疲力尽。尤其是雌蟾蜍，用尽最后的一分力气在赶路。在它鼓鼓的肚子里，装着出生后连起来将长达三十米的卵带。

"咕，咕。"

蟾蜍们不安地叫起来。

没有池塘。好几十年来，每当春天到来，它们都聚集起来产卵的池塘消失无踪了。可是它以前的的确确就在这个位置。

填土建成的巨大的新停车场说明，到去年为止，这里还是池塘。一定是修建汽车道的时候，人类用多余的泥土把它填埋了。

在东方天空升起的下弦月，将悲哀的光芒洒在犹如石头般一动不动的蟾蜍们身上。

"再次出发！"

校长蟾蜍行动起来，拖动着他折断的腿。大家也跟上了他。一只雌蟾蜍的卵带已经在地上拖了一米多，仍然跟在后面。

"有水。"一只蟾蜍叫起来。与此同时，所有的蟾蜍都感觉到了水。可是，那是路旁水沟里的脏水，还漂浮着洗涤剂的泡沫。

一只蟾蜍超过校长蟾蜍，胸有成竹地开始领路。它走路的姿态激励着大家鼓起干劲儿。大家一时间忘却了腿脚的疼痛，不断前进。

它们听到了水流的声音。

"看，有水！"

那是田边相当宽阔的水渠。水的气味清冽得让大家受不了，蟾蜍们差点儿就不顾一切地跳进去。

"咕，咕。"雌蟾蜍语气坚决地叫起来。它在说："不要。"它的眼睛在诉说："水在流动，卵会被冲走。"

蟾蜍们围着田找了一圈，想要寻找不流动的平静水坑。然而，水渠里的水还没有浇灌到田里，田里连水坑都没有。

"第三次出发！"校长蟾蜍喊道。蟾蜍们怀着将死的决心再次迈开步伐。

三十分钟，一个小时。

"水！"

大家异口同声地"咕，咕"叫起来。大家迈出渗血的脚，进入了一片竹林。

竹林正中央，涌出一股清泉，铺成一个宽阔的浅水坑，大家觉得就像在做梦。

蟾蜍们的身体也好心灵也好，都以披荆斩棘的气势冲进水中。

雌蟾蜍不断地产出卵带。五米，十米，二十米，里面包裹着多达八千个宝宝。

"呱，呱。"

蟾蜍们忘我地沉浸在新生命诞生的喜悦中。它们在水中翻滚，聚成一团时上时下。

校长蟾蜍发自内心地想，自己是只蟾蜍可真好啊。下次转世投胎的时候，还一定要变成蟾蜍。

9.
相逢

　　—— 我是被施了魔法变成瓢虫了吧？不，不对呀，我是人类的时候，才是被施了魔法呢。现在，我是从魔法带来的漫长痛苦中解脱了，得以变回了瓢虫的模样。

　　中本友世用她细如丝绦的六条腿，迎着洒下金光的太阳，沿着草茎爬到阿拉伯婆婆纳展开的四片琉璃色花瓣下。

蓝的天，蓝的天

无论到哪里　都是蓝的天

云雀在头顶上遥远的地方歌唱。

向右，是蓝的天

向左，也是蓝的天

"吵死了，没品位的曲调。"友世嘟囔道，"老老实
实说'蓝天'就好，非要唱成什么'蓝的天'。"

自从变成瓢虫，鸟儿的声音听起来全都可怕而令
人厌恶。不过，云雀的"蓝的天"还算容易忍受的。

比起斑鸫那支"咔，咔，咔，咔，咔，肚
子肚子你等等哟!"的捕虫歌，还有燕子
"啾——啾——啾——盖饭，啾——早饭"的愚蠢节
奏，这支歌要好得多。

带条纹的蓝色花瓣向她逼近。友世谨慎地仰头细

看，从各个角度避开阳光观察。因为和花瓣颜色完全一样的三突花蛛常常搞伏击。还是人类的时候，友世最害怕的就是蜘蛛。她恍然大悟，原来那是因为我本是只瓢虫啊。

没有蜘蛛出没的迹象，于是友世最终爬上了蓝色花瓣。旁边的花朵轻轻一摇，吓得她打了个寒战，原来是一只食蚜蝇顶着一头白色花粉从花朵中钻出来了。

友世展开翅膀，低飞而起。

微风轻拂。

流水潺潺。

云朵像蓬松的棉花糖飘在天空。

春天的河堤是多么美丽的世界啊。现在，花鸟鱼虫正在一起绽放生命的力量，相互放射出几百万、几千亿个呼吸，互相照耀，熊熊燃烧，蒸腾的阳气一望无垠。

还是人类的时候，友世眼里恐怕最多只看得见白粉蝶。可是，当她成为圆溜溜的红色后背上顶着七个黑色小圆点的七星瓢虫时，她什么都能看见了。

翠绿的问荆草①，就像一片密林。纯白的蟋蟀宝宝从草底下一个接一个钻出来。

宝盖草②的花朵熠熠生辉，犹如绿色碟子里盛着红色的纤细小鱼。

大巢菜和比它小一圈的小巢菜，卷须互相缠绕，宛如海草一般纠缠在一起。黑色的蚂蚁零零星星散在其间。大巢菜是一种奇怪的草，在它并非花朵的叶柄托叶上，有紫色的斑点分泌蜜汁，蚂蚁就是在舔食它。

对面的白三叶草开始晕染它的浓绿，叶子的白色曲线变得显眼，春飞蓬低垂着水嫩的脑袋开始登场。低垂的花蕾前端泛着朦胧的粉色，长着柔软绒毛的茎干上聚集着蚜虫。

蚜虫们姿态散漫粗鲁，叫嚷着"好吃好吃"，又用难听的话语相互辱骂"看着点儿，你的腿挡路

---

① 木贼科木贼属小型或中型蕨类植物。
② 唇形科、野芝麻属一年生或二年生植物。茎高10—30厘米，基部多分枝。欧洲、亚洲均有广泛的分布。

了!""你才该滚一边去呢。"它们用难看的黑腿紧紧抱住草茎，吸食汁水。现在，飞过去将它们荡平对于友世来说轻而易举。不过眼下还没有这个必要。任何时候都不缺蚜虫，要多少有多少。

过去，还是人类的时候，友世老实又低调，是个踏实的少女。她的父亲是个有名的钢琴家，去美国的时候，和一位金发美女相恋，从此再也没有回过日本。

友世的母亲依靠父亲寄来的钱，已经和她相依为命七年多了。周围的人传言说，是友世的母亲太踏实，太无可挑剔，才导致丈夫从她身边逃走。实际上，友世的母亲表面给人低调的印象，内心里却是个高雅可靠的女性。她和丈夫离婚之后立刻开始在旅行社工作，把前夫从美国寄来的钱全部存了起来。用她的话来说，这是为了"随时可以一分不少地还给他"。

这样一位母亲倔强的血液，同样流淌在友世身上。友世变成了一个热爱读书、不起眼的少女。她成绩出色，却尽可能不显山不露水。得了满分的试卷赶快收进书包，而得六十分的时候，却笑嘻嘻地拿给朋友看。她从来不在课堂上举手，只有班主任老师才能从她出色的写作能力中看出她非同一般的头脑。

友世扮演的角色把大家骗得团团转，她本人则乐在其中。但是，直到现在变成了虫子，她才明白自己并不满足于这些。这是因为，她一点儿也不想再变回人类了。

四处可见酸模①摇摆着红穗，清爽宜人。她看见枯叶颜色的细长东西迅速移动，那是草蜥在说："我还什么都不想吃呢。"

在半开的蛇莓黄色花朵下，条纹绿蟹蛛正爬来爬去。杂色优草螽用它长着锐利尖刺的前爪匍匐在芒草的枯叶上，一副"这片河滩都归老子管"的模样。可是，它一听见小巧的棕扇尾莺飞落前发出的"喳、喳、喳"信号，就惊慌地"沙沙"爬动，躲藏起来。

---

① 蓼科酸模属多年生直立草本植物。

蜜蜂正在寻找紫云英，忙忙碌碌地飞来飞去。自己的口粮无须太多，但孩子们的食物，还有筑巢的材料都需要用花蜜和花粉制作，难怪如此忙碌。

紫花野芝麻皱皱巴巴的红紫色叶片聚成五层塔，比花朵还美丽。啊，如果自己眼下是个人类的孩子，能写出多么精彩的作文啊。

正当她这样想的时候，一堵纯黄色墙壁一样的东西突然迅猛地掠过眼前。

友世"啊"地收拢翅膀，降落下来。黄色的东西再次出现在身旁，发出了"咔嚓"的巨大声响。友世的身体落在好几十根摇摇摆摆的酸模红穗中央。

"啾，啾，啪啪，啾，啪啪"——耳边传来灰椋鸟嘶哑的声音。黄色的东西是它的喙。

从上面看，酸模很醒目，从下面看，齿果酸模的宽阔叶片倒活像牛舌，十分茂密。然后，大脑袋的蚱蜢幼虫从叶片底下轻捷地蹦出来。

"哎呀，这不是友世吗?"一只不到一厘米长、蛆虫模样的茶色东西说。那是刚刚出生的飞蝗幼虫。

"不是哟，大山同学。"友世说，"我是瓢虫，不是中本友世。"

"我是飞蝗，不是大山雅树。"

于是两个人相视而笑，庆幸彼此平安无事。

"我刚去那里看了大佛。"大山飞蝗说。

"它长得可漂亮了，漂亮得我都想舔舔了。我给它起了个名字叫'青大佛'，是我在这里的守护神。我以前的家里也供奉着稻荷神。这次我请'青大佛'代替祂守护我。快到这边来，我带你去看。"

友世跟着大山飞蝗晃晃悠悠靠近河岸。在那一带，虎杖正吐露绛紫色的新芽，甘草和白茅开始长个子了。

"青大佛，青大佛。"

大山飞蝗毛毛糙糙的态度和他还是雅树同学时一样，他滚动着身体向前进，把草叶子不断推到一边。

"看，就是那个，是尊不错的大佛吧?"

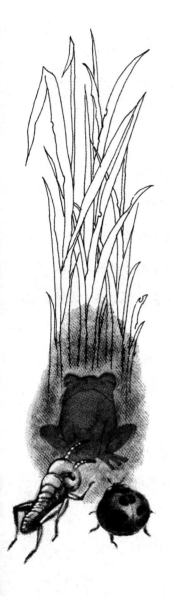

　　一尊艳绿色、相貌奇特的大佛双手撑地孤零零地坐在那里。大山飞蝗双手合十拜了拜。

　　"眼睛就像要蹦出来似的。"友世说。

　　"不过，挺可爱的，对吧？"

　　大山蚱蜢入迷地欣赏着青大佛。

　　"可是，这个姿态像在行跪拜礼。"

　　"要这么说，你和我不也都在行跪拜礼吗？"大山飞蝗说，

　　"我们已经成为虫国的居民，因此不能再以人类的感觉来看待事物了。快，你也拜拜。"

　　友世也双手合十。

　　"我担心有人把青大佛偷

走呢。”

大山蚱蜢说。

“把青大佛藏起来就好了。”友世说。

“对呀。我们找些树叶来。”

大山飞蝗脚步踉跄地“呼——呼——”抱来羊蹄草、酸模的叶子，覆盖住青大佛。

蒲公英的花朵上，蟋蟀的幼虫咀嚼着雄蕊，“嗯哼嗯哼”地边看边笑。

很快，熊蜂也加入勤劳的蜜蜂队伍开始工作。大地渐渐热起来，如同魔术师的帽子，开始向地面一个接一个送出数十个、数百个种类各异的生物，有金钟、促织、日本绿螽、长额负蝗、叶甲虫、小青花金龟，还有金龟子。

南苜蓿的花朵漫山遍野地开放，魁蒿也长势迅猛。

白花三叶草圆溜溜的白花绽放，毛茛和狐狸牡丹的花朵明晃晃的黄得刺眼。红灰蝶想要吸食花瓣根部的花蜜，一整日都围绕着它翩翩起舞。

野蓟一个劲儿地长个子，顶端是一朵红彤彤的美艳花朵。

纹黄蝶伫立在那朵花上，纤细的腿一碰到雌蕊的花柱，雄蕊就踊跃地把白色花粉推给它，可是纹黄蝶除了花蜜什么都不需要，敏捷地径直飞走了。

嗅到花粉的气味，蚂蚁们从下面爬上来。刚来到花朵正下方，它们就被总苞分泌的黏糊糊液体粘住，惊慌失措地逃走了。

几朵蒲公英花变成了白色蓬松的绒毛。看上去还是小青虫的镰状绿露螽的幼虫钻进了绒毛里，正咀嚼着坚硬的种子。

大巢菜结出了宛如新月的青色果实，小巢菜则结出了两粒饱满的果实。葛麻姆从它们中间攀缘生长，仿佛青绿色的细蛇探出它镰刀似的脖子。

斑鸫已经飞回了北国，再听不见它"咔，咔，咔"的歌声。取而代之的，是在完全长高的芒草嫩叶中开始筑巢的棕扇尾莺。

酸模红色的雌花变成了纤薄的果实，红色晕染了它的轮廓，增添了它的美丽，点缀着河滩。

　　一天傍晚，友世又一次遇到了大山飞蝗。

　　"我们去看青大佛吧。"大山飞蝗说。他已经蜕了一次皮，浑身绿得润泽。当然，他还没翅膀，也不到两厘米长。不过。后腿的弹跳力已经明显提高，一次就能跳二十厘米。

　　"我不太想去那边。"友世说，"听说那里还有黄鹡鸰的窝。"

　　"没关系的，别管它。你不是我的朋友吗?"

　　大山飞蝗和在五年级四班的时候一样任性，单方面地把友世当作朋友，然后就轻巧地蹦跳着向前赶路了。

　　友世听见河水"咕嘟咕嘟"的声音。

　　"不是就在这里吗?"

　　友世在犹如浅绿色小棍上撒满黄豆粉的小巢菜上合上了翅膀。

"当时没有这种草。"大山飞蝗说。

"你傻呀？这肯定是后来长起来的嘛。"

"你好像变得伶牙俐齿了嘛。"

大山飞蝗吃惊地说完这话，立刻喊道：

"哦，对了，在那里。青大佛！太好了，太好了，找到了，找到了。"

青大佛和以前一样，依然双手撑地孤零零地坐在那里。但是，友世吓得喘不过气来。

在距离不远的白茅中，还有一尊青大佛。然后，在盛开着犹如锦缎般光彩四溢的黄色花朵的鼠曲草根部，还有另一尊新的青大佛。

"到处都是青大佛，仔细一看，长得好可怕！"

"很可爱呀。你看，那么温和的眼睛。"

"呱，呱，呱——""青大佛"叫起来。大山飞蝗那张绿脸到底还是变得煞白。

"青大佛"张开大嘴，伸出它摇摇晃晃的长舌头。另一个"青大佛"高高跳起，一闪而过地落在苦苣菜带刺的叶片上，嘴里就立刻衔住了一只大蚊子。"青大佛"把它疙疙瘩瘩的手举到嘴边，把个头太大的大蚊子塞进嘴里。

"别动！"友世用和妈妈一模一样的声音命令道。大山飞蝗也明白，自己一动，四面八方的"青大佛"都会跳过来。

排成一溜的"青大佛"——青蛙们因为夜幕即将降临而到了觅食的时间。

忽然，紧挨着大山蚱蜢右侧的白茅一晃，"青大佛"们全都把身体拧向那边。

紧跟着"沙拉沙拉"的声音，出现了一只黄色的长手。然后两颗泛着光的漆黑獠牙一起出现在眼前的，是桦黄小町蜘蛛的身影。它不织网，是在地上行走捕虫的狩猎毒蜘蛛。这种毒蜘蛛虽然体形不大，可是一旦被它的毒牙刺中，连人类都会昏睡不醒。

"快跑！快，来不及啦！"

友世大喊起来。如果一动不动，就会被蜘蛛捉住。

飞起来的话，又会遭遇"青大佛"的集中攻击。可是，与其被蜘蛛抱住，还不如被"青大佛"的舌头卷走。

友世展开翅膀飞起来。突然，"青大佛"跳起来的身影立刻像特写镜头一样出现在面前，蔚蓝色火柱发出强光击中了双眼。

"嘭，嘭，嘭。"

那边的"青大佛"，这边的"青大佛"，全都抱头鼠窜。

接着，四周又安静下来。

友世从草丛底下爬出来，明白自己得救了。大山飞蝗怎么样了呢？她正想着，听见大山飞蝗说："你是真理子呀！"

在薄暮之中，一只浑身上下散发着润泽绿色光芒的翠鸟正立在河边系船的木桩上。那无疑就是岛真理子。

真理子也立刻认出了大山飞蝗和中本瓢虫的真面目。

"我什么都不知道，只是看见有青蛙就来捉它们

了，没想到成了你们的救命恩人呐。"

她有话直说的性格看来并没有改变。但是，友世立刻反驳道：

"你不觉得，你这话一说出口，反而降低了自己行为的价值吗？"

翠鸟两眼圆睁注视着友世：

"小友，你变了呢。"

"这样的命运，哪还容得我们对变化大惊小怪呀。"

"对啊。你都不知道这家伙有多么麻利爽快！"大山飞蝗也说。

"还有健治同学呢，不知道他怎么样了。"

"他变成鲫鱼了。我遇到过他一次。"真理子沮丧地说，"所以我才尽量不捕鱼，专吃青蛙的。我呀，就是太善良，经常自讨苦吃。"

"这么说健治也平安无事了。太好了。"大山飞蝗快活地断定。

"这样一来，就只剩一个人了。"

"剩下的这个人，担任历届校长，已经为社会做出了足够的贡献，所以无论情况如何都无所谓了吧。"友世说。

　　"你说话真是一针见血呀。你和以前不一样了，变成了坏心眼儿。"

　　听真理子这样说，友世反驳道："你和以前一样坏心眼儿。"

　　然后，三个人久违地开怀大笑。

10.
水底世界

　　有的孩子，在转学当天回家时，就已经和同桌成了好朋友，一起骑车玩耍。也有些孩子，转学一年之后，还没有交到一个可以借橡皮的朋友。

　　真理子、雅树和友世立刻就适应了新的命运，可是，唯有变成鲫鱼的健治不一样。

　　——洛佩怎么样了？肯定会因为见不到我而忧心忡忡，然后就因为这样而死去。

健治学习用的书桌正对洛佩的小屋。健治做着作业，不愿意继续握着铅笔写下去的时候，一看洛佩，就会发现它总是冲着健治并拢两条前腿，把脑袋放在腿上，两只红眼睛期待地凝视着健治，仿佛在说："一起玩吧。"而健治一旦装作不理不睬，它就用后腿在地上轻轻"咚"地一跺，打个大哈欠。

　　即使严冬，健治也总是开着窗户。因为他不愿意和洛佩之间有任何间隔，哪怕只是一扇玻璃。

　　洛佩肚子疼的时候，要好好给它揉肚子，还要让它做伸展体操。可是千穗那家伙总是着迷地看电视……

　　洛佩喜欢别人用手轻柔地抚摸它，从鼻子到额头，一遍又一遍轻轻抚摸它，它就会把下巴贴在榻榻米上，迷迷糊糊地闭上眼睛。但是它的后腿还是蜷曲的状态。这时候，接着抚摸它的后背到臀部，它就会把两条腿伸直摊平。可是即便如此，两只耳朵中仍然还有一只竖着。这温暖的耳朵，无论健治用掌心抚平多少遍，都会立刻弹起来。健治试图抚平两只耳朵的掌心，和洛佩时而微眯眼睛的狡猾眼神，仿佛在互相开玩笑，这是多么愉快的时刻啊。

洛佩终于把两只耳朵紧紧贴在脑袋上。健治还不满意：

"来，变成一块毛皮吧。"他一边说，一边左右摇晃洛佩圆鼓鼓的屁股。这时候，如果洛佩把它好不容易才伸展摊开的后腿缩回去，就前功尽弃了。

但是，如果把它的后腿保持伸展状态藏到屁股底下就万事大吉。这时候，就像人类完全趴下时一样，洛佩略脏的长后腿反面朝上，笔直地并拢。健治从脑袋一直抚摸到它的尾巴尖。

曾经有一次，洛佩因为便秘打不起精神，健治给它摆出这种毛皮姿势，加以抚摸，洛佩的肚子就会突然咕咕叫起来，圆溜溜的小粪球就会有力地弹出来，一瞬间就完全康复。打那以后，健治就相信"伸展体操"有利于洛佩的健康。

水像刀刃一样砍来，健治鲫鱼一个劲儿地挥动尾鳍、胸鳍、背鳍、臀鳍逃开了。红色的大个头小龙虾不甘心地用它圆鼓鼓的眼睛瞪着健治。它是除了鹭鸶、翠鸟之外，健治最危险的敌人。

虽说是河流，可是健治喜欢的地方是从主流分叉形成的淤水。茂密的芦苇隔出一块圆形池塘一般的宁静水面，涟漪都没有一个。这个地方，密集地生存着数量惊人的生物。

淤泥底下，活动着大大小小的水蚤和贝类，仿佛断裂血管似的颤蚓、泥甲爬来爬去，还有龙虱、蚜虫的幼虫。而最让健治鲫鱼吃惊的，是成群结队的水蚤。

它们形如不倒翁的透明身体，有的上下颠倒，有的横躺竖卧，不断挥舞犹如双手的触角，做着节奏奇特的集体操。钻到它们的队伍中，会产生分不清上下左右的奇怪感觉。

水蚤们全都是雌性，卵就储存在透明的背部。暮色降临时，它们就会唱着奇特的歌谣，一起浮上水面。

其利特罗，霹咔嚓拉咚嘭

卡利托卡，特克佩利亚冈平

哈嘘，特利康皮拉

佩查嘭德，博德嘭克利

在健治听来，这个调子和父亲在大殿里敲着木鱼念经没什么两样。

——爸爸现在该是多么努力地在祈求菩萨保佑我平安无事啊，又会是多么真心诚意地诵经啊。

健治非常理解父亲痛苦悲哀的内心。

——我想回家。我想让爸爸和洛佩放心。哪怕能像鸟儿一样能飞也好啊。这样一副被鳞片覆盖的模样，什么都做不了……

"你又在发牢骚呀？"泥鳅晃动胡须说，"你学学水蚤，开朗一点儿多好，像那帮傻家伙一样唱唱歌。"

"那种阴郁的歌，只会让人越听越灰心。"健治说。

"那首歌的意思呀，其实是自鸣得意的内容哟——虽然大家都吃水蚤，可那是因为我们味道好。大家都吃水蚤，是因为我们无穷无尽。因为水蚤是水里的王者，味道好，无穷无尽。"

泥鳅一边解释一边扭动着它软绵绵的身体，拍动着胸鳍跳起舞来，三个、四个、五个地喷出积蓄在肠子里的空气泡泡。

那些泡泡像镜子一样泛着白光向着水面升起，青鳉鱼们惊叫着逃开。它们一定是误认为屁股上带着泡泡的龙虱发动袭击了。

洛佩好像也常常在深夜唱歌吧——健治想起来。

提出晚上需要唱摇篮曲哄洛佩睡觉的，是妹妹千穗。恰好是圣诞节前，因此他们决定送给洛佩磁带作

为礼物。两个人去唱片店，买了圣诞特辑的磁带。《平安夜》《铃儿叮当响》《红鼻子驯鹿》《白色圣诞节》等曲目都有收录。

　　本来洛佩就有两个窝。一个是院子里大的兔小屋，另一个是晚上在健治和千穗共用的房间里睡觉用的。这两个小屋之间的距离超过了十米，可是早晨刚说完"早上好"，打开睡觉小屋的门，洛佩就会一溜烟径直跑到院子里，跳进自己的小屋。傍晚说"该睡觉了"，一打开门，它又会径直跑进屋里。不过它不会立刻钻进睡觉小屋，而是和健治他们玩一会儿。

　　洛佩喜欢的游戏，是一见到纸，就把它揉成皱巴巴的一团，然后用嘴撕碎。尤其擅长的，是一瞬间把餐巾纸盒里所有的纸都扒出来，弄得满屋子都是。那种时候，它扒纸的两条前腿转得就像水车似的，等人发现，"啊"地叫起来，它已经扒出十张、二十张了。如果试图阻止它，它就会生气地一扭屁股开始撒尿，就差没"哼！"地发火了。

播放圣诞音乐的一刻，也是在那样玩耍的夜晚。洛佩像松鼠似的只用后腿站立，摇晃着脑袋摆出跳舞的姿态来。

"哇，兔子舞！"

听见大家高兴地喝彩，洛佩兴奋不已，跳来蹦去，摇篮曲一点儿都没有发挥功效。不过，大家确实很高兴，于是从那天开始，放磁带给它听就成了每天的功课。

一天晚上，健治半夜醒来，听见洛佩所在的位置传来"哈——咕——呼——"的奇怪声音。迷迷糊糊中，听起来也像一个女人在远处嘀嘀咕咕倾诉央求。

第二天早晨，健治对千穗说："洛佩说梦话了哟。"要说起洛佩的声音，健治只听过它生气时鼻子里发出小猪似的"卟——"的声音。从那以后，每天晚上都听见洛佩说梦话。

"那是洛佩在唱歌吧？"和尚师傅说，"也许它是想唱圣诞歌曲吧？"

还真是呢——健治和千穗也发现了这一点。洛佩本来的品种是欧洲野兔，是夜行动物，食量也是晚上多很多。

放在院子小屋里的，早晨是一点儿圆白菜或者青菜，外加一把兔粮。中午就是一块面包。尽管如此还是常常剩下。但是，要说到晚上放进睡觉小屋的菜单——一个完整的苹果、一块面包，还有足以填满整个小屋的青菜，到第二天早晨之前都能吃个精光。晚上，它虽然模仿人类躺下，但实际上肯定没睡着。那也许不是在说梦话，而是一边吃东西一边快活地唱歌吧。

说起来，洛佩还哭过。那是从地里揪来柔软的胡萝卜叶喂它的时候。大概是因为刚摘下来的水嫩叶子相当好吃，它忘我地从健治手上吃的时候，不小心咬住了健治的食指尖。

"好疼呀!"

健治扔掉了胡萝卜叶子，按住了手指头。洛佩的牙齿非常尖锐，手指破了，鲜血滴滴答答地落下来。

洛佩受了惊吓似的看看健治，突然转过身钻进遮阳用的盒子里，躲在角落。然后"咕——咕——"地哭了。

"洛佩，没关系。我没生气。"

健治用创可贴缠好手指，回到小屋后，洛佩立刻从盒子里出来了。接着，它用脑袋向上顶，摩挲着抚摸它额头的健治掌心，撒起娇来。那双红眼睛的眼角存着淘米水似的眼泪，眼角边的毛也湿漉漉地趴着。

——啊，现在想来，洛佩心里什么都明白啊。无论是我们的语言还是内心，它都一清二楚。

——那是理所当然的。我就算变成了鲫鱼，不也是什么都明白吗？

如果洛佩来到这里，健治以鲫鱼的模样浮到水面的话，洛佩还能认识吗？——健治思忖着，但是他不知道答案。

健治常常抱着洛佩出门散步，告诉它各种各样的事情。

"这是郁金香，漂亮吧？"

听到这话，洛佩就会认真地注视花坛里的郁金香花朵。

"那是斑鸠，就是它总在'唧唧啵——'地叫。"

听到这话，洛佩就会认真地仰头去看站在樱花树枝头的斑鸠。不过，当健治说"这是金鱼。瞧，它动了"的时候，洛佩漠不关心，全当没听见。对于讨厌水的兔子来说，鱼这种生物是什么呢？或许什么都不是。偏偏健治就变成了鲫鱼，真是运气不好啊。

从水面投射下来的光，渐渐变得明亮，水温也开始上升。绿色的浮游植物也随之骤然增多。

高尔夫球似的团藻、唇形的硅藻和网眼花纹的带状水绵就像弯曲的海藻纠缠在一起，盘星藻和鼓藻则轻盈地漂浮着。

水如同绿色天幕，浮游生物们仿佛徜徉夜空的行星。

黑漆漆犹如宽阔银河的水草茎部和叶片上，挂着成串的青鳉鱼卵和贝壳卵，如同累累硕果。

雄水蚤渐渐开始增加，总数却不断减少，取而代之多起来的是长得像小虾米的剑水蚤。它们在腰部两侧挂着沉甸甸的卵。

很快，所有的卵都长出了黑色眼睛，发出明亮的光芒活动起来，水面和水底的温度也出现了显著的不同。

水面因为氧气充足，鱼儿们自然而然向上浮起。接着就听见苇莺唱起了歌："嘎嗒叭，嘎嗒叭，阔阔咔咔，咔咔阔阔。"

苇莺不捉鱼，而且还习惯于赶走进入自己领地的鸟儿，因此捕鱼的翠鸟就无法靠近了。

可是，快乐转瞬即逝，水量突然减少，芦苇荡干涸，健治的水潭和主流分割开来，变成了小池塘。

水开始变脏，绿色浮游生物的种类开始急剧变化。念珠似的鱼腥藻、蓝藻开始覆盖水面，憋气的难受感觉向鱼儿们袭来。

　　白鹭夫妇把目光投向了这个容易找到猎物的水塘，总是在这里逡巡。

　　"太好了。人类开始修筑河堤，隔断了河道，水流不到这里来了。这里头的鱼和青蛙，就全都归我们了！"

　　"把它们都吃了也不会遭报应的，因为我们的沼泽是一点儿不剩先被填掉的呀。那里的鱼至少是这里的一千倍呢！"白鹭老爹说。

　　池塘里的鲫鱼也好，小龙虾也好，健治也好，都明白了自己的世界即将毁灭。

　　健治想起了校长说过的话——如果爆发核战争，四十亿人类会全部毁灭。

　　同样的事情就要发生了。而居住在这个小池塘的生命，又何止四十亿呢。

11.
前往乞力马的森林

属于蜡笔王国陆军第五师团第五连队的第十九练兵场，位于一个小山坡上。周围是广阔的原野，围着铁丝网，到处都竖着威严的牌子，上面写着："入侵者将被送上军事法庭。"

按照计划，千穗和佩洛将在这里和白粉蝶中队会师。他俩身穿整齐的卡其色立领军服，接受了鸭子教官严格的培训，学习驾驶新型 KO 水陆两栖坦克，将驾驶坦克英勇出征。

坦克看起来非常强大，行驶的时候连地面都跟着轰轰作响，让人心潮澎湃。

"目标，左方四十八度四十秒五，高度二十三度十分二秒六！"

鸭子教官"呷呷"地喊道，千穗转动把手，对准大型量角器似的刻度盘。

"开炮！"

她按下按钮，伴随着有节奏的"当当当当"巨响，二十厘米直径的主机关炮以每分钟三百发的速度发射炮弹。炮弹是浑身长刺儿的苍耳。

"抬升炮塔！"

坦克脑袋就像长脖子怪一样不断抬高。

"目标，高度负八十八度，同时射击，开始！"

炮塔四周安装的一圈小炮几乎都朝着正下方的地面"哧、哧、哧、哧、哧"地发射出锐利的松针。

"以前，当敌人逼近坦克周围三米以内的地方，就进入了打不到的死角。解决这个问题的，就是KO新型。KO，当然就是knockout（击倒）的简称。"鸭子教官得意扬扬地说。

"不过，就算被松针击中，也死不了人呀。"

听千穗这样说，教官大吃一惊："死人还了得！敌人是需要赶走的，不是需要打死的。"

"白粉蝶什么时候来呢？"洛佩问。

鸭子教官说："计划明天到达。"

"数量是多少？"

"应该有五千左右吧。"

"五千？"千穗吃惊地反问。

"也有可能是五万吧。"鸭子说。听了这话，千穗感到自己被戏弄了。

"然后，关于贵军的作战行动，陆军参谋总长强烈要求你们选择以下路线。"

鸭子教官说着取出一张地图，上面用红线标明了从这里出发前往乞力马富士东谷的行军路线。令人吃惊的是，那条红线就像打滚儿的蛇，蜿蜒曲折。

“这倒是有空吃吃路边草①了。”

“是的。”鸭子说，“在路上必须吃吃草，到处都需要提供补给。从古至今，但凡作战中忽视补给的，没有一个获得胜利。”

第二天，鸭子教官把洛佩和千穗叫到了房间里。

“好，那你们现在就出发吧。”

“白粉蝶中队呢？”

“在，我现在就交给你们。”

鸭子教官马上立正，摇身一变成了下属，对洛佩敬礼道：

“司令官阁下，我率领白粉蝶中队三万三千名士兵前来报到。”

洛佩和千穗都愣住了。鸭子拿起桌上黄色的多士炉，说道：

“中队三万三千名士兵正在这里面进行训练。等这

---

① 日语里“吃路边草”可以表示在途中耽搁，或是途中闲逛。

盏灯变红，就请你们打开盖子把它们放出来。祝愿你们旗开得胜！"

他俩认为的多士炉，原来是白粉蝶产卵的孵化器。卵在孵化器里从早到晚都反复聆听着录音成长。录音的内容是："请找到花花兔的山茱萸树。"

原来如此——洛佩和千穗都十分佩服。如果现在带领白粉蝶出发，究竟有多少只能撑到山茱萸树开花的五月底呢？参谋总长制定的行军路线，也一定考虑到了十字花科食用植物的补给，会随着孵化后的青虫第一次、第二次、第三次、第四次蜕皮前后的食量变化而变化。

千穗和洛佩率领三万三千名部下——尽管只是一个犹如多士炉的黄色盒子——登上了蜡笔王国引以为豪的水陆两栖坦克，还尽可能多地装载了圆白菜。在"万岁！万岁！"的欢呼声中，他俩以三十公里的时速穿过练兵场的大门，雄赳赳气昂昂地出发了。按照计划，他俩将在大约二十天后到达乞力马富士的东谷。

到了那个时候，青虫们也恰好要开始羽化了。

第二天，青虫孵化器的红灯亮了，于是千穗打开了孵化器的盖子。仅有一丁点儿大的黄色幼虫，一边咀嚼自己钻出来的卵壳，一边热热闹闹地聊天。

"这个坦克是什么型号呀？"

"肯定是 MY 型咯，意思是'遭到猛烈攻击'①嘛。"

"傻瓜！人家说了，这是 KO 新型呢。"

"那就是'不知道能不能赢'②型咯。"

幼虫们一边胡说八道，一边一个劲儿吃圆白菜，很快就变成绿色，蜕了皮。当它们再次蜕皮的时候，坦克里到处都像长了青苔似的变成了浅绿色。第二次的时候，圆白菜被吃了个一干二净。

千穗和洛佩一旦发现幼虫有可能吃的十字花科青草，就必须从坦克里出来采摘。荠菜、南芥菜、弯曲

---

① 在日语里，"遭到猛烈攻击"可以用两个词表达，其首个罗马字母分别为M和Y。
② 在日语里，"不知道能不能赢"可以用两个词表达，其首个罗马字母可以分别写作K和O。

碎米荠、透田牛蒡、萝卜草……

可是，辛辛苦苦摘来的菜，也有它们不吃的。

"把我们放出去多好，我们就可以想吃什么吃什么了。"

幼虫吵吵嚷嚷地想出去。

"那你们傍晚之前一定要回来哟。"

"哇!"幼虫们就像远足的孩子，蠕动着出门了。千穗和洛佩面面相觑，终于松了口气。整个坦克里都堆满了幼虫的粪便，奇臭无比。

"来，我们干脆做个大扫除吧。"

傍晚时分，他俩放了一个作为信号的空炮，幼虫们慢吞吞地回来了。有的兴奋不已，也有的大概是走来走去太累了，瘫软无力。

随着第三次、第四次蜕皮，幼虫们的粪便数量多得惊人，不得不把它们赶出去以便清扫。可是，最近没精打采、不愿意外出的幼虫也开始增加。

"它们该不会是吃到什么有问题的草了吧?"

千穗担心起来。

乞力马富士的山峦终于出现在原野尽头。尽管海拔只有两千米左右，但是锯齿状的山顶有超过四百座山峰绵延不绝，是一座深山。幼虫们已经完成最后一次蜕皮，现在长到了大约三厘米，坦克里无论墙壁还是天花板，全都密密麻麻覆盖着这些软绵绵的绿家伙，有的甚至钻进了千穗的衣兜。

突然，可怕的事情发生了。幼虫们呻吟着开始一个接一个死去。不知从哪里钻出大量小苍蝇似的东西，飞来飞去。

"糟了，是一种蜂！幼虫一旦被这种家伙刺到就会死。到底是从哪里来的啊？"

千穗伸出双手"啪啪"地把小蜂拍死在掌心，可是，蜂子却源源不断地飞出来。仔细一看，它们是从幼虫身体里钻出来的。

那是青虫茧蜂。这种蜂把卵产在青虫的身体里。卵在青虫身体里孵化，吃青虫的身体长大。但是，如果青虫死掉，它们自己也会死。因此，它们吃青虫身体的时候会小心翼翼地避开重要内脏，以免青虫死掉，直到它们终于可以飞走。最后，它们会从内部咬开青虫的身体飞出来。这时候，青虫就会死去。

无精打采的青虫不是在外边吃了有问题的草，而是茧蜂在它们身体上产了卵。几乎所有青虫都不再吃任何东西，因此千穗和洛佩都悲观地认为青虫中队将会全军覆没，但是被茧蜂夺去生命的大约有一半，剩下的一半悬挂在墙壁、天花板，以及千穗和洛佩的衣服上，变成了蛹。

突然间四周鸦雀无声。蛹一动不动，也不吃东西。在这寂静的十天中，软绵绵的青虫化身为拥有四片洁白翅膀的白粉蝶。

坦克已经行驶进入了乞力马富士山麓下绵延的茂密森林。

这一带大约海拔一千米，树木刚刚萌发新芽，充溢着一年中最美丽的色彩。

坚硬桤木、早春旌节花和乌樟的新叶舒展开来，犹如湿漉漉的祖母绿。山樱和富士樱的白色、粉色花朵点缀其间，仿佛用刷子刷过一遍。

枹栎的绿夹杂着白，仿佛扑上了蜜粉。麻栎是混入了牛奶的赭石色，而润泽草绿色的食茱萸宛如排列在大名行列中的扎枪。橙色鸡冠般闪闪发光的是桤叶树的新芽。

接骨木的白色花朵在树荫中绽放，山毛榉依然发灰的弯曲枝条在春风中摇晃。

"真美啊。"千穗不由得喃喃自语。

"山茱萸是哪种树？叶子长什么样？"

"嗯……"洛佩的目光在寻找。很快它就找到了。山茱萸已经长出了绿色的小叶子，和梅树很像，虽然叶片的叶脉轮廓较深，但是并没有明显特征。

"我先来试试，叫出我在这座山里的同伴。"

洛佩正说着，忽然看到一只橙色动物的身影在眼前一闪而过。

"是狐狸，被它跑了。"

洛佩生气地开动坦克追赶狐狸。

狐狸悠然摇摆着长尾巴，钻进了灌木丛。然而当它察觉到坦克在追自己，却停下了脚步，转过身向他们靠近。

"你好。"千穗说。可是洛佩看起来痛恨狐狸，严肃地命令道："灰鲭鲨鬼捕获军最高司令官下令，请让这座山里所有的兔子立刻到此集合。"

"很不凑巧啊。"狐狸竖起尾巴，紧张地说，"这座山里没有兔子。"

"没有？一只都没有吗？"

"是的，一只都没有。"

"不可能。"

"去年来了一位捉兔子的高手。他把竹子剖成细条，根部深深地插入地面，前端挂上铁丝做成的环垂下来。他使劲儿弯曲竹条，把前端戳进土里，就设置在兔子有可能经过的地方。兔子这家伙，不知说它是思虑不周呢，还是愚蠢迟钝呢，总之，傻乎乎地……"

洛佩双眼通红，怒火在眼中熊熊燃烧，后腿已经做好了随时"咚咚"跺脚的准备。

"然后呢?"千穗伸手拦住洛佩问。

"嗯，兔子的活动路线是固定的。然后，一旦它脑袋钻进了铁丝环，柔韧竹子的前端就从土里弹出来。竹子'噼啪'一下发出好听的声音，然后马上立起来。你们猜兔儿爷怎么了? 被吊在半空晃来晃去呀。不过嘛，这种骗小孩的玩意儿，抓啊，抓啊，一般说来只要抓住一只，后面的就会提高警惕，不会再上同样的当了。可是阁下，兔子这傻瓜呀，是双倍的稀里糊涂，低能的平方，低能乘以低能……"

"咚——"洛佩不禁气得胡须竖起，跺了一脚。

"哎呀，刚才是什么声音? 听起来像兔子呀。"

狐狸得意地一笑："阁下，这帮低智商，愚蠢的废物兔子，一只不剩全军覆没了。"

"砰，砰！"

洛佩冷不丁将主炮筒对准狐狸开了炮。

"哒、哒、哒、哒、哒！"

"哇！哈哈！"

狐狸左蹦右跳避开苍耳子，唱起歌来。

啊！呜！嘀！

啊！呜！嘀！

啊，吓你一跳

呜，叫你不甘心

嘀，就要笑话你

"哎哟哟，花花兔，你要是以为到了乞力马富士就可以耀武扬威，你就大错特错了！森林里的树木大臣、水大臣、土大臣都不会给你们好脸色看的！你留点儿神，别变成一张皮毛了。别忘了，你的坦克名叫棺

材^① 新型哟!"

狐狸一溜烟就逃得没影儿了。洛佩一想起这件事，就两眼通红，怒火中烧，久久不能忘怀。狐狸的话沉甸甸地压在千穗的心坎上。如果连森林里的树木、泥土、池水都不站在他们这边，那究竟该怎么做，才能找到花花兔的山茱萸呢？

挂满整个狭小坦克的蛹，在寂静中仍然无时无刻不在向着羽化的目标前进。只有它们的呼吸，是眼下唯一的希望。

___

① "棺材"这个词在日语里的罗马字打头字母也是KO。

12.
河滩上的混乱

　　最近，太阳明显变得性急了。它急不可耐地一口气登上如蛇般翻滚扭动的低矮山头，今天比昨天早，明天又比今天早。它照耀着河滩，仿佛在催促："快点儿起床！"

　　河滩上的青草没有输给它。它们一心想早点儿看见太阳，尽情地挺直腰背，舒展肩膀，一个劲儿地生长。特别是草绿色叶片犹如纤细长剑的禾本科植物，竞相生长，因而整个河滩都变成了单调的黄绿色。

　　蒲公英的黄、宝盖草的红和阿拉伯婆婆纳的青儿乎一个都看不见了。只有高个子的酸模，犹如彩虹塔，在四处悠然摆动，仿佛被遗弃的春日之梦。

不过，有时候不服输的禾本科植物也会争先恐后地高高伸展穗状花序，把各自的旗帜举过头顶，开始自报家门。

挺着长长圆锥形白色花穗的，是根部浸泡在水中的草芦。织出细长晶莹闪亮的黄绿色箭鸳纹的，是多花黑麦。

野燕麦向四面八方舒展着犹如伞骨般的手臂，还挂满了可爱的淡绿色燕子形果实。

柯孟披碱草低垂着发白的花穗，几百根穗摇摇摆摆，相互鞠躬问候。仿佛风用锯齿状的绳子在玩橡皮子弹。

不到二十厘米的银鳞茅将细如蜘蛛丝的花枝向四面伸展成球形，挂着不足三毫米的铃铛般果实，美丽得犹如迷你焰火。尤其美艳的是白茅。犹如钢琴弦般柔韧的紫红色草茎顶端，长着银白色的长长绒毛，莹润的光泽总是高贵得宛如丝绸。

以鲜嫩的草叶和果实为食的虫子们也骤然增多。昆虫的季节来到了，数量多到一个人就要对付十亿只虫子的程度。

有一天，河堤上响起了机器的噪声，原来是堤坝的护岸工程突然开始了。看来，镇里的计划终于开始实施了。他们要在河岸上紧紧贴上混凝土砖，把河堤改建成公园和草坪广场，然后，到处建造花坛，种植杜鹃和三色堇。

首先，人们在一侧的河堤筑起了一道挡水坝，不让水流过来。健治鲫鱼和伙伴们的淤水处变成水坑，就是这个原因。而且，挖土机粗暴的铁爪一眨眼工夫就撕裂了河堤的绿色肌肤，露出了泥土。

昆虫和鸟儿都不得不一起转移。

离开的，来到的。又是离开的，又是来到的。来了新敌人，又来一个新敌人。

河滩陷入了巨大的混乱。瓢虫友世也好，飞蝗大山也好，翠鸟真理子也好，都被卷入了这混乱的正中央。

"要是变成西洋草坪公园，我们连现在的百分之一都活不下来。"飞蝗大山听前辈说过。

"要是狗尾巴草、牛筋草都没有了，会怎么样啊？要是雀稗没有了，又会怎么样呢？"

"人类这东西，真的是只会干出让我们为难的事情啊！"

飞蝗大山实在太愤慨，因而没有注意到自己现在和过去的言辞之间存在相当大的矛盾。

瓢虫友世听见伙伴在哀叹。

蚜虫喜欢的是茎秆柔软的嫩草。如果铺上草坪，野芥子、春飞蓬、虎杖……那些草就都活不下去了。我们就必须搬家了。

翠鸟真理子从上了年纪的鸟儿那里听到的内容就更让人心情黯淡了。

"完了。听说整个河岸都要全部浇灌成混凝土。我们该怎么挖洞筑巢呢？在哪里产卵呢？又让孩子在哪里睡觉呢？"

天空中传来棕扇尾莺"呵呵呵"的笑声。

它喊道："那是上天在惩罚你们！因为你们不打扫卫生，让小宝宝在粪堆里滚。"

"那你是打算在草坪上造一个完全暴露在外的窝咯？"翠鸟反驳道。

健治鲫鱼藏身的水坑，面临的状况更为严峻。水不断干涸。龙虾傍晚在水里蜕下的壳，到了早晨就已经滚落在泥土上。昨天去了东头的青鳉鱼群今天就再也回不来。白鹭消失无踪，只留下泥里的四根趾头印。

鲫鱼、青鳉鱼和龙虾全都挤在水最深的那一处，连呼吸都必须竭尽全力。就在氧气不足、快要失去意识的时候，它们以为听到了"哗啦啦"的雨声。然而，那只是人们砍伐芦苇叶的声音。人们想在那里给建筑工人建造工棚。而且，在半梦半醒之间，它们会看见头顶上出现稀稀落落的圆形波纹。"下雨啦！"高喊后才发现，那是白鹭用它的喙轻而易举叼走猎物时溅起的水花。

健治也常常梦见下雨，但那是不同于池塘生物们的复杂梦境。

"嘭，嘭，嘭——"仿佛自己的呼吸用放大镜投影在水面上一样，雨水的涟漪一个接一个在头顶上荡漾开。

"太好啦!"

池塘里的居民们活蹦乱跳起来。这新鲜水滴甜美的气味也让健治松了一口气。然而，他又突然开始担忧——洛佩的小屋遮挡好了吗? 爸爸要是在家，当然会用塑料布遮起来，或是把洛佩抱到家里的小屋。可是，万一爸爸不在家呢?

雨下得越来越大。"老师!"健治说着从座位上站起来。不知何时，这里变成了学校，现在正在上课。"我想上厕所。"他没等老师同意，就出了教室，一口气穿过校门，向家里奔去。兔子怕水，绝对不能让它打湿了——健治不知在哪本书上读到过。因此，哪怕是洛佩腹泻弄脏了白毛，他也只是用蘸了热水的毛巾轻轻帮它擦干净而已。

雨势越来越猛，横扫而来的雨水狠狠打在身上，从头发上沿着鼻梁滴滴答答滑下来。流到脖子上的雨水浸湿了后背。一路向上的坡道，跑得他气喘吁吁。"洛佩！"他冲进山门，喊道，"洛佩！"

小屋暴露在瓢泼大雨中。洛佩一动不动。"洛佩！"健治忘我地紧紧抱住这浑身湿透的白色动物哭泣着。

——对啊，就算现在下雨，我也什么都做不了。

就在健治这样想的时候，新的水流"咕嘟，咕嘟"地流入池中。

"太好了！"

鱼虾、水蚤和贝壳们都齐声欢呼，然而，水的气味很难闻。翻滚着泡沫的脏水一下子灌进来，水黾惨叫着从水面上落下来。

工棚建成了，厨房的污水、洗衣的污水都流进了这里。三四条青鳉鱼用鱼鳍疯狂地挠着胸口，很快就死了。

那是一个月光皎洁的夜晚。健治茫然地漂浮在水面，他感到自己随时都有可能死去。他就像一块木片，连动动鱼鳍的力气都没有了。

忽然，他看见白茅洁白的花朵宛如佛灯一般近在眼前。

"芒草哥哥，我们究竟会怎么样啊？"

白茅问芒草。芒草顶着去年留下的、犹如头发茬的干枯老穗，严肃地"嗯，嗯"回应着。

"昆虫、鱼儿们会四处奔逃。我们却无计可施，只能等待。"

"我们该做好心理准备了。"

芒草说道，它的声音和父亲的声音一模一样。

"你只要尽情地美丽绽放就足够了。每个人将自己能做的事情坚持做到最后，就可以了。"

难闻的气味钻进鼻孔，脏水又猛地灌进来。

加油，加油

加油，加油

不知从哪里传来的声音，听上去就像父亲在念经。

"加油，加油！"

"太好了！有池塘！"

健治一看，原来是一大群水凫飞来了。水凫筋疲力尽，眼看着就要掉下来。看来这次施工也掩埋了它们的家乡。

"不行！不能降落在这里！"

健治突然高喊。

"落下来会没命的！这里全都是洗衣液的泡沫！"

水凫无力地停在四周的芦苇叶上。

"谢谢你，鲫鱼。太危险了。我们不会忘记你的。"

水黾队长衷心感谢道。

"我们能为你做什么呢?"

"只要我的兔子洛佩和妹妹千穗健健康康,我就心满意足了。"

"兔子洛佩和千穗?我会通知到我们水黾家族的每一个成员,一定会找到他们转告的。你要坚持住啊!"

"谢谢。你们也要努力啊。"

健治目送着水黾飞离,脑海中浮现出妈妈的面容。

那是健治刚上学的那个暑假。他觉得捕捉聚集在麻栎树汁液里的花金龟很有趣,每天放学一回家就立刻钻进家附近的麻栎树林。

楸型虫和独角仙天一亮就被拿着螺丝刀剥树皮、操着铲子围着树根挖掘的大孩子捉光了,因而基本看不到。不过,当他找到像油漆一样黑亮黑亮的黑罗花金龟和犹如祖母绿般光润的绿罗花金龟时,依然激动不已。

"从今天开始,三天内不许捉虫子哟。"

妈妈对正打算去树林子的健治说。

"为什么不许呢?"

"因为盂兰盆节到了,说不定我们的祖先会变成虫子回来呢。"

尽管健治并不信服这种说法,但他似乎内心有所触动,在接下来的盂兰盆节期间真的没有捉虫子。这一定是因为他还是相信了几分的。为什么存在虫子?为什么人会死?他觉得这种说法似乎能回答这些疑问。变成鲫鱼的现在,妈妈这句话中蕴藏的善意,穿透坚硬的鳞片,充盈了他的身心。

"对啊,我要尽可能拯救这个水坑里的生物。大家都是我的伙伴,大家都是人类。"

于是,尽管呼吸急促憋闷,他的心灵却变得宁静安稳。

——看来我已经做好了思想准备。

思想准备——爸爸常常提到这个词。我原来不明白它是什么意思。不过，这就是做好了思想准备吧。

"咔嚓，沙沙，咔嚓。"

一大群红鳌螳臂蟹迷迷糊糊地排成一列蹒跚前进。它们原本还在冬眠，可是河堤上的螃蟹洞被毁，只好逃出来。

"在这里休息一会儿吧。"

"这里不行！"健治说，"白鹭马上就要来了。"

"你别刁难我们呀。"

只有大钳子变红的茶色螃蟹们太想睡觉了。

"真的不行。你们仔细看看泥巴上，就会明白了。"

螃蟹们这才睁开眼睛，"咕噜咕噜"转着眼珠子观察泥土表面。

"赶快出发！"队长高喊，"谢谢你，鲫鱼。"

"你们快走吧，要健健康康的。如果听说兔子洛佩和我妹妹千穗的消息，请告诉我。"

螃蟹队长停住脚，用钳子取出笔记本记录道："洛

佩（兔子），千穗（人类，女）"。

"我们会尽力的。你也不要放弃，一定要活下来。"

螃蟹们挥舞着红色的大钳子，依依不舍地消失在黑暗中。

捕鱼蛛在水面上无声地迅速前进。看来它把正在草芦根部休息的灰缘齿龙虱当作了目标。

"喂！蜘蛛来了！"健治鲫鱼喊道。

灰缘齿龙虱大吃一惊，立刻展开翅膀飞起来。就在它飞起来的那一瞬间，轻薄的内翅被织在白茅草叶上的蜘蛛网粘住了。

"救命！"

灰缘齿龙虱挣扎着想要逃走，然而振动已经传开，黑乎乎的蜘蛛一下子从隧道般的过道深处探出头来。

"嚯！"

健治鲫鱼毅然决然地跳起来。

没成功。蜘蛛还在草丛更深处。如果跳到那边，也许能够打破困住灰缘齿龙虱的蜘蛛网。可是，如果那样的话，健治就有落入白茅林立的茎秆之间的风险，那样就再也无法回到水中。

——好，再来一次！

健治鲫鱼高高地跳出水面。鳃盖骨碰到了蜘蛛丝，他听见了灰缘齿龙虱扑扇翅膀的声音。然后，他落入了层层叠叠的绿色草叶中。落下来，银光闪闪。

灰缘齿龙虱来到他眼前，说：

"谢谢你！可是，你怎么才能回到水里去呢？"

"我休息一会儿再跳回去。"

其实他已经不想动了。

"请帮我找到我的洛佩和千穗。"健治鲫鱼呓语般地说。

"我会把他们找来的。所以，你要快点儿回到池塘里去。"

"是吗？"

健治鲫鱼挣扎着。他的眼睛和鳃盖骨上都是泥巴，如同裹满泥浆的炸鱼，用尽最后的力量，"嘭"地落在池塘里。入水后像颗小石子儿似的沉入水底。

"看见了吗?"芒草对白茅说。

"鱼里头也有了不起的家伙呢。我们如果活下来，要把这条鲫鱼的故事告诉大家。"

"要是我们没能活下来呢?"

"那谁知道呀。"

芒草抛出这句话。

"那条鲫鱼看来已经做好了思想准备。而你好像还没有。"

13.
白鼻子的长鬃山羊

　　要找到花花兔的山茱萸，不是一件容易事——虽
然有这样的心理准备，可是乞力马富士环绕的群山竟
然如此深邃，是千穗万万没有想到的。而且，山里的
树木们如此抵触他们，也让洛佩深感意外。无论洛佩
怎样打听山茱萸，树木们都沉默不语，不愿回答。

　　在一无所获之时，光阴却依然不断流逝。两个人
进山的时候，寒冬里干枯的枝条刚刚萌发新芽，嫩叶
犹如婴儿试图抓住阳光的可爱手指，而现在，它们已
经撑起巨大的绿色阳伞。

浅紫色的紫藤如同瀑布，从四处垂下来，三叶杜鹃展开了淡粉色的透明花瓣。

白粉蝶的蛹裂开，等待已久的白粉蝶中队终于诞生了。

"好，赶快行动，行动！"

白粉蝶们翩然穿过嫩叶的帘间，精神抖擞地去寻找花花兔的山茱萸了。那是它们还在卵中尚未孵化时就听惯的口令。第一天，回来六千只；第二天，三千只；第三天，一千五百只；第四天，急剧减少到二十只。可是，原本以为这么多白粉蝶开始在天空中寻找，发现山茱萸只是时间问题，然而却一直没有可以当作线索的报告。据白粉蝶们讲，树木自不必说，就连昆虫也约好不告诉它们花花兔的树在哪里。

"这座山怎么如此坏心眼啊。"千穗不由得叹气道。

"它们说大家都是灰鲭鲨鬼的仆从。"

"我们不是仆从。"一个深邃的声音从附近传来，不知道是生长在哪里的一棵树，但总归有树木给予了回应。千穗打起精神喊道：

"人类也是很珍视森林的。我们学校还去植树呢。"

"我告诉你那是什么树。一定是杉树，要不然就是丝柏。"

确实如此，所以千穗点点头。

"杉树和丝柏树干笔直，可以当作柱子。你们难道不是为了砍伐树木才植树的吗？"

确实如此，所以千穗沉默了。那时候，老师说："过上二十年，它们就会成为优质的木材。我们用那笔钱建造体育馆吧。"

不知从哪里传来的深邃声音，那个仿佛就是森林本身发出的声音说道：

"你们为了食用才养殖猪和鸡，你们也想同样地喂养树木。无论多么厚颜无耻，你们也不敢声称猪和鸡应该感谢人类。就应该让灰鲭鲨鬼驯服你们，改变你们内心的狂妄自大。"

千穗垂头丧气。森林的声音并非仅仅只是刁难，而是表达了清晰的意志。而且，它们是正确的。千穗感受到了这一点。千穗这才明明白白地领悟到，自己面对的问题是多么沉重，多么让人一筹莫展。

虽然千穗只是一个十岁的少女，但是眼下，她是作为人类整个历史的代表在面对森林的。千穗来这里只是一心一意想要把哥哥带回家，哥哥是个相当爱护生物的孩子，她认为自己成长到现在也没有做过错事。然而，那些不是问题所在。问题在于，千穗是人类，森林厌恶人类。

第二天，赤胸鸫清亮一声"洽嘤"，仿佛发出了信号，小鸟们一起来到了山里。冬天迁徙到温暖地区生活的夏季候鸟，迎来了回归日夜思念的老巢的季节。黄眉姬鹟、白腹蓝鹟、乌灰鸫、知更鸟、布谷鸟、中杜鹃、杜鹃……

小鸟们终于结束了漫长而痛苦的迁徙之旅。它们一看到翩然飞舞的大量白粉蝶，欣喜若狂。

"我再去捉一只来！咕——"冕柳莺叫道。

紫寿带鸟轻盈地摇摆着它的长尾巴，说："一二三，嘀嘀嘀——"追赶着白粉蝶。

白粉蝶的数目眼看着越来越少，剩下的蝶儿们也根本不愿意再离开坦克了。

灯台树已经开花，安息香的枝头也挂满了小雪珠般的白色花蕾。要不了十天，山茱萸也该开花了吧？可是，别提花花兔的树了，就连那棵树生长的池塘都尚未发现。

他们下到谷底，攀上崖顶，又从崖顶下山，从谷底攀爬，KO 新型坦克在四百多座山峰中漫无目的地四处流浪。

"这辆坦克是滴溜溜转型。"千穗的玩笑话也让人笑不起来。

忽然，一股难以形容的类似于薄荷的强烈气味笼罩四周。千穗停下坦克来到外面。洛佩也走下坦克。

已经转向西侧的太阳，从树叶间把强烈的阳光投射到下方绿色的草丛上。他俩正在油亮亮的贴梗海棠嫩叶中央。之所以气味如此浓烈，是因为坦克在驶过的几十米内，把贴梗海棠的小枝条和嫩叶碾压得粉碎。

这过于浓烈的气味，渗透到千穗头脑的最深处。

"我们走错路了。"千穗神情寂寥地说。

"我们是没办法走错路的。"洛佩笑了，"因为我们从一开始就不知道目的地在哪里。"

"可是，我们就是走错路了。"

千穗紧紧抿着嘴唇。

"我们一路上压坏了森林里多少树木啊。为什么树木不愿意帮助我们？我们一边干着这种坏事，一边还要求它们救哥哥，我怎么说得出口？我不开坦克了。"

"啊？你是说，要在这大森林里走？"

"我们走错路了，所以要改正呀。洛佩，你该不会是害怕捕兔子的陷阱吧？"

洛佩也沉默了。千穗请白粉蝶寻找野兽行走的道路，立刻就得到了汇报。

"再直着向前爬两百米左右，有一条长鬃山羊的路。"

　　他们扔下坦克，向森林深处走去。两个人为了调查应该做什么准备，沿着长鬃山羊的路前进。虽然坡度很陡，但比想象的要轻松。

　　"咚，咚，咚，咚。"

　　啄木鸟击打树干的声音十分清脆。

　　"啄木鸟的太鼓中诞生了自言自语的精灵。"洛佩这句话生动精妙。

　　"那个精灵在自言自语说什么呢？"

　　"它说，'啊''原来如此呀''回去吧'，还有'累死我了'。"

　　"还有'想吃东西了''想喝点儿什么'之类的。"

　　两个人连续攀登了大约两个多小时。

　　"啊，洛佩，我看见那个精灵了！"

　　千穗指着左侧森林，仿佛白色手绢的东西星星点点地点缀在林中。

——那不是堪察加沼芋吗？就是堪察加沼芋！

千穗不顾一切地跑过去。那是她每次在电视和照片中见到都倾心不已的花卉。

山泉积成的浅水洼，滋润着发芽偏晚的山毛榉和橡树结实粗壮的灰色根部。而成百上千朵堪察加沼芋，犹如白色火焰，在阳光中闪亮摇曳，顾盼生姿。

"我觉得它们不是自言自语的精灵，是花花兔美梦的精灵。"洛佩得意扬扬地歪歪鼻子说。

"什么美梦？"

听千穗这样问，洛佩害羞地嗫嚅道："《平安夜》①，千穗也唱呀。"

突然，千穗心底涌出一股思念的暖流。来到蜡笔王国之后，她吃惊于昆虫花草能够开口说话，也为了尽早寻到山茱萸而心慌意乱，无论是家庭、父亲，还

---

① 《平安夜》（*Silent Night*）是一首广为流传的圣诞颂歌。

是哥哥，她其实都没有真切地思念过。可现在，她只是一心想要冲上寺庙的山门，喊一声"我回来了"。

千穗和洛佩齐声合唱。

《铃儿响叮当》《圣诞老人进城来》《稻草中的火鸡》《白色圣诞节》……然后又从《铃儿响叮当》唱起。

他们一首接一首唱起了每天晚上哄洛佩睡觉时播放的录音带里的歌曲。

忽然，千穗察觉到周围的声响，停了下来。

"再来一首，再来一首。"她听见有声音一边喊一边鼓掌。

树枝上有猴子，也有松鼠。左侧的草丛中，还有一群日本长鬃山羊、猫头鹰，也有中杜鹃。

千穗高兴起来。来到森林之后，这是动物们第一次主动开口和她说话。

"谢谢！我是千穗，这是洛佩。请多关照！"首先，她做了自我介绍。

"刚才的歌曲特别好听，是什么歌呀？"

从高处传来出人意料的声音。千穗抬头一看，一只白颊鼯鼠正孤零零地坐在山毛榉树枝上。

"那是圣诞歌曲。"

"那是猫的节日吗?"猴子问。

"啊? 猫?"

"我以为是只叫克里斯的老鼠（mouse）来过节呢①。是我搞错了吗?"

看来动物们并不了解圣诞节，因此千穗给它们讲述了圣诞节和圣诞老爷爷的故事。动物们安安静静，听得津津有味。

"圣诞老人真是个有钱人啊，什么都有。"

"圣诞老人力气可真大，什么都能扛来。"

"圣诞老人真是个幸福的人啊，大家想要的东西，他都有。"

"圣诞老人真是个幸福的人啊，大家想要的东西，

---

① 在日语中，圣诞节用的是Chrismas的音译。

他都能给。"

动物们十分喜欢这个故事。不过，它们最喜欢的还是各种各样的歌曲。

千穗和洛佩不停地唱下去，动物们也跟着唱起来。

> 大家总是笑话
> 驯鹿先生的红鼻子

"那说的是我。"

说话的是白鼻头的长鬃山羊。日本长鬃山羊通常有一条黑色竖线从眼睛底下延伸到鼻尖，可是长鬃山羊却没有黑线，看上去傻呵呵的，特别和蔼可亲。

> 黑漆漆的夜路上
> 你闪闪发亮的鼻子很管用
> 总是哭泣的驯鹿先生，
> 今晚欢欣喜悦

"啊，能派上用场，太高兴了。对吧，红鼻子的驯鹿。"

白鼻子长鬃山羊擦拭着眼泪，忘我地歌唱着。

就在他们唱累了、休息片刻的时候，几只水黾从水洼上轻声地嗡嗡飞来，在千穗耳边轻声细语：

"如果你们就是千穗和洛佩，我们有件事必须告诉你们，哥哥现在大难临头了！"

"啊？你们认识哥哥？"千穗不由得叫起来。

水黾把健治鲫鱼拯救伙伴的事情告诉了她。

动物们竖着耳朵倾听着。

"赶快去啊，否则池塘干涸，哥哥会死的。"

"糟了！别再唱歌了，你们得赶紧回去！"

于是，千穗和洛佩把灰鲭鲨鬼的事情告诉了动物们，询问它们是否知道花花兔的山茱萸树在哪里。

"我们不知道树在哪里，但是我们知道池塘在哪儿。"水黾说。

"可是，只有满月的夜晚，花花兔才会从山茱萸花里跳出来。"

就在这时，洛佩叫了起来："哎呀，好疼!"有什么东西咬住了它的脚。一看，原来是大钳子的红色螃蟹。

"我从刚才开始就叫了你好几遍，可是你不理我。"螃蟹辩解道。

"我们螃蟹必须在满月的日子产卵，因此，关于满月，我们什么都知道。这次的满月是在五月二十七日，还有九天。如果错过了，到下一个满月时，山茱萸花恐怕就谢了。我们之所以打破森林的约定，告诉你这件事，是因为你们的哥哥救了我们伙伴的命。"

"那辆坦克的最大时速是多少公里?"猴子着急地问。

"时间等于路程除以速度……哎呀，现在全速前进，也就是勉强赶得上。"

"不能用那辆坦克。"千穗斩钉截铁地说。

"坦克坏了?"

"不是,它没有坏,但是不能用。"

"那你们有飞机吗?"白颊鼯鼠从上方问道。四周光线昏暗,衬托出它那两只犹如青白色玻璃弹珠似的眼睛闪闪发亮。

"我们打算跑过去。"

"那怎么行?肯定来不及!"水黾说。

"为什么不用坦克?"

"我们不能为了自己牺牲森林里的树木。"

动物们一下子安静下来。

"可是,跑的话是绝对赶不上的哟!"松鼠再一次说。

"要是那样,你们就再也见不到哥哥了。"

"没关系,到时候我也去死,就能见到哥哥了。"

"喂,该我出场了,轮到我出场啦!"

带着哭腔高喊的,是白鼻子的长鬃山羊。

"铃儿响叮当,铃儿响叮当。我们驮着你们俩跑。"

"绝妙的主意啊!"领队的长鬃山羊说道。

"我们还知道怎么抄近道呢。怎么都能想办法赶到的。白鼻子,你带头!因为这个主意是你出的。"

不用说,领头的就是羊群的领袖,这是拥有无上荣誉的角色。

"恭喜你,白鼻子!圣诞节到了。你的圣诞节到了!"

这群长鬃山羊纷纷道贺。

千穗坐在领头的白鼻子背上。洛佩坐在头领背上紧随其后。然后其他的长鬃山羊驮着存活下来的五千只白粉蝶。殿后的两头长鬃山羊驮着从坦克上转移过来的食物。

很快,由十几头长鬃山羊组成的队伍风驰电掣般地奔跑起来。唱着刚刚学会的《铃儿响叮当》,穿过嫩叶散发着清香的夜晚森林。

14.
池塘里的战斗

　　如果驾驶坦克，根本来不及，而且一定会在某个山谷坠落丢命。

　　长鬃山羊跋涉的险峻道路让千穗认识到了这一点。它们在绝壁上攀登，像鸟儿飞翔一般越过犹如刀刃的山脊。当它们在茫茫云海中越过仅有二十厘米宽的锐利岩石棱线的时候，仿佛鱼背鳍一般的黑色条纹就像远离陆地的小岛，又如浮云一样时隐时现。其间还横亘着犹如地狱的深谷，无法把握它有多么曲折，又是怎样连通的。

　　风从四面八方席卷而来。它的呼啸声钻进千穗的耳孔，穿透她的天灵盖。语言也好，思维也好，似乎都被风席卷而去，千穗无法和洛佩说话，只能牢牢抓住白鼻子短短的两根黑角，以免跌落。白粉蝶也是同样，一旦从长鬃山羊背上摔下去，就再也回不来。

　　在风与岩石的世界中上上下下五天之后，他们终于进入了森林。道路变得平坦，风声也远远离去。唯有低矮的白云，依然在林子底部萦绕，缠绕包裹着山毛榉和橡树茁壮的树干。

红色的石楠花发出梦幻般的光芒。长鬃山羊一提速，它们就变成草莓牛奶般的彩带，在千穗的视野中飘动。

长鬃山羊晚上也不休息。在夜鹰从不间断的"啾，啾，啾，啾，啾"的鸣叫声中，队伍穿越黑暗。不知不觉中，他们似乎在往山下走。千穗眼熟的厚朴木兰、锦带花、野鸦椿、马醉木等数目多了起来。

第九天早晨，他们来到了白雾缭绕的森林尽头。突然间，眼前豁然开朗，一座波光如镜的池塘出人意料地出现在眼前。

"到了。"白鼻子长鬃山羊说。

"太好了，终于赶上了。"

长鬃山羊一头头"吧嗒吧嗒"躺下，很快就进入了梦乡，因为它们已经筋疲力尽。白粉蝶们也一动不动，仿佛已经失去了生命。

千穗和洛佩因为长时间坐在长鬃山羊后背，腿脚腰身都像布娃娃一样软弱无力。他们脚步蹒跚，艰难地走近池塘。

这里看起来是一座山峰的最高处，和想象的不一样，天空非常辽阔。千穗站立的东岸，是地势低矮的草地，纯白的睡草花朵组成了鲜艳的等腰三角形穗状花序。朵朵鲜花的影子鲜明地倒映在水中，没有一丝涟漪，看来这座池塘并不是很大，但是雾还没有散，所以看不见对岸。

千穗和洛佩顺着池塘边环绕着向前走。很快，他们走进了树林，洛佩"嘚嘚"地跑起来。

"洛佩，等等！"

"开了，开了。我闻到山茱萸花的香味了。"

千穗完全搞不清山茱萸花开在哪里，可是花花兔洛佩却清楚地记得故乡的花香。

跟在洛佩身后气喘吁吁地跑了将近一个小时，山茱萸的白色花朵也跃入了千穗的眼帘。

四片花瓣（其实是总苞片）带着淡淡的黄色，每一片的前端都像山猫的耳朵一样尖。花朵开在枝条顶端，因此从伸展开的树枝底下向上看，什么都看不见。偶尔几根低处的枝条伸到池塘上方，俯视可见刚刚初开、尚未绽放的花朵，整齐地竖起四片白色的山猫耳朵，一起指向天空。

接着，周围的所有树木不知何时都变成了叶片褶皱比梅树更深的山茱萸。它们都有着粗壮的树干，要一个人才能抱过来。高度也都远远地超过了十米。可是，如果想要找出哪一棵山茱萸格外高大，就会发现每一棵都粗壮茁壮，不分高下。

洛佩把耳朵贴在每一棵山茱萸的树干上，呼唤道："我是洛佩。请回答我。"但是没有回应。只听见布谷鸟在远处悠闲地歌唱。

雾还没有散开，因此无法看清池塘的全景，也判断不出山茱萸的树林到底延伸到哪里。

渐渐地，千穗也开始感到不安。好不容易才来到这里，万一找不到花花兔的树……

"要是把白粉蝶带来就好了。"千穗说。

"那帮家伙，迄今为止派上过一次用场吗？"洛佩说。

忽然，他们听见"哗啦哗啦"脚踩在树叶上的声音。洛佩停下来，竖起耳朵，很快轻声道："狐狸。"紧接着，他们感到似乎有更大的东西到来了。

一个披着蓝色斗篷的大个子男人，挂着把手弯曲的拐杖，领着一只狐狸出现了。他的后背顶着背鳍。那是有着红色鱼眼睛的灰鲭鲨鬼。听说洛佩和千穗去寻找花花兔，灰鲭鲨鬼决定来个伏击，和他们一决胜负。

千穗他们匍匐在地上，屏住呼吸。

"他们还没来吧。"狐狸说。

"那两个家伙，带着蝴蝶来的。如果来了的话，蝴蝶飞来飞去，自然就能知道他们在哪里了。"

"蝴蝶能在这么浓的雾里飞吗？"灰鲭鲨鬼嘲笑着狐狸。

"哦，对了。我把他们叫出来吧。我可擅长模仿别人的声音了。"

狐狸伸出左手捏住鼻子：

"嗯——洛佩司令官，千穗参谋，我是变色龙首相。兔子洛佩，千穗，白粉蝶中队。作战计划已有重大变化。请立刻联系我。洛佩，千穗。洛佩，千穗。千穗，洛佩！"

灰鲭鲨鬼和狐狸没有任何觉察地从他们身边经过。千穗松了口气，可是这样一来，他们就必须尽早找到花花兔了。虽然他们无比焦急，可是山茱萸却多得无穷无尽。

忽然，随着"嗡嗡"的轻轻拍翅声，一只小虫子"噗嗤"撞在千穗的额头上。

"你们是千穗和洛佩吧？"那是灰缘齿龙虱。

"我听见狐狸的声音，知道你们来了，所以来找你们。你的哥哥鲫鱼救了我家亲戚的命。你们是在寻找花花兔的树吧？我不知道是哪一棵，但是我知道它的影子在池塘的什么位置。你们跟我来。"

这真是绝处逢生啊。洛佩像个滚动的白色圆球似的跑起来。千穗忘我地跟在它身后。

他们跑了大约二十分钟。

"在这里。"灰缘齿龙虱跳进池塘，滑到水面上的一点停下来。恰好距离池岸大约三米。

千穗和洛佩一遍又一遍地仰望。确实能看见山茱萸伸出的粗枝，还有四五朵花正在开放。

他们的目光捕捉到那根枝条，想搞清楚树干在哪里。那棵树并不是很高，但是树干粗大茁壮，要一个人才能抱得住。

洛佩和千穗都跑到那棵树下。

"咚，咚，咚。"

千穗敲敲树干，就像在敲打大象的肚子。洛佩说：

"我是洛佩，是花花兔洛佩哟。"

他们凝神静听。树干中确实传来了喧闹声。

"灰鲭鲨鬼复活了。他又开始捣乱了，现在就在这里。"

低若蝉鸣的声音从树干里传来："明白了。月亮一出来我们马上就去。可是，月亮没问题吧？天气怎么样？"

"有雾。"洛佩说。

"能散吗？"花花兔问。

"不知道。"

"如果没有月亮会怎么样？"千穗问。

"那就很麻烦。"

花花兔的声音说："如果没有月光，我们就算来到花上，耳朵也变不成翅膀，飞不起来。"

按照洛佩的解释，这棵山茱萸的巨大树木中，有一座花花兔的国度，住着几十万只花花兔。山茱萸一开花，花花兔们就会跳到花上玩耍。花花兔的大小恰好就像长着耳朵的蚕豆。当满月的光芒洒下来，它们的耳朵就会渐渐地变成翅膀，可以在夜空中自由飞翔。而且，别提那时候的景象有多么美丽了，这世上没有任何东西能够与它比拟，以至于灰鲭鲨鬼都像被束缚一般无法动弹。可是，要达到这种效果，它们必须沐浴在满月的光芒中。然而这么浓的雾……

千穗和洛佩为了看清灰鲭鲨鬼的动向，离开了花花兔的树，来到右侧一座小山岗上。接下来只需要盯住灰鲭鲨鬼，等待满月升起。

"龙虱先生。"千穗说，"请把白粉蝶们叫到这里来。让它们排成一队悄悄飞过来。"

然后，她用指南针找到了东方，确定了满月升起的方位。很快晚风就会吹来了。

不一会儿，白雾略微消散。一只，两只……白粉蝶在雾中飞来。

"糟了。"洛佩说，

"我们的阵地会暴露的。"

白粉蝶的纵队犹如在池塘上方拉开的白色跳绳。它时而蜿蜒，时而松弛，向这边靠近。无论从哪里看都一目了然。跟着这条路线走，自然就能到达这里。

"正因如此，敌人才故意没有攻击白粉蝶，而将它们搁置一边的。"千穗解释道。

"那群士兵还一次都没有发挥过作用呢，不能让它们这么早就死。"

"可是，灰鲭鲨鬼会来呀。"

"今天晚上，我们要和灰鲭鲨鬼尽情地捉迷藏。"

千穗别有意味地一笑：

"你不觉得一整晚，我们都需要把灰鲭鲨鬼留在这里吗？如果他回去了，就会轮到花花兔像我们寻找山茱萸树一样，不得不去寻找灰鲭鲨鬼了。我们已经等不及了。因为哥哥真的已经喘不上气了。"

千穗把自己的作战计划告诉了洛佩。洛佩对不断飞来的白粉蝶严肃地下达了命令：

"灰鲭鲨鬼马上就要来了。但是，诸位不要担心自己会被变成什么。花花兔一到，就可以恢复原样。夜晚来临之前，你们先埋伏在枯叶底下。等到天一黑，你们就一只一只地飞到东方天空的低处，逗灰鲭鲨鬼玩。"

"什么？到晚上才飞？"白粉蝶不满地问，"我们没有力气啊。"

"蛾子能办到的事，你们为什么做不到？"

洛佩大发雷霆，通红的双眼就像闪闪发光的红宝石。

"听好了！不要向西飞，不要向北飞，不要向南飞！要飞到东方的天空中，飞到东方的天空中！解散！"

白粉蝶们迅速地躲进了树洞里、枯叶下和树皮屑里。

千穗和洛佩爬到山茱萸树上。从上方俯视，茂密的山茱萸向四面八方伸展枝条，交错层叠，犹如台阶，仿佛可以在上面自由自在地蹦来跳去。就算手一滑掉下去，下方伸展的枝条也可以接住自己。而且，无论哪一根枝条上都绽放着白色花朵。

灰鲭鲨鬼独自跑来了。灰鲭鲨鬼看来想一鼓作气，出其不意地发起攻击，他挥舞着拐杖，像个火车头似的喘着粗气跑过来。

"应该就在这里呀。"

"应该就在这里呀。"千穗在树上嘲笑他。

"居然在那里！"

灰鲭鲨鬼噘起嘴，"呼"地呼出一口臭烘烘的气。可是山茱萸的枝叶十分茂密，枝条只是轻轻地晃动了一下。

"应该就在这里呀。"洛佩从完全不同的地方伸出头笑起来。

"你这只蠢兔子！"

灰鲭鲨鬼深吸一口气，可是轻盈灵巧的洛佩已经从他身边溜走了。

"应该就在这里呀。"千穗喊道。

灰鲭鲨鬼在树下跑来跑去，就像消防车喷水似的，不断向外吐气，可是在枝叶阻挡下他怎么都打不中。

最后，灰鲭鲨鬼把拐杖竖在肚子上，对着自己吹了一口气，念念有词道："变成秃鹫！"他的拐杖是中空的。也就是说，那是灰鲭鲨鬼自己变形的工具。

就在他的气息吹到自己身上的那一瞬间，灰鲭鲨鬼变成了一只长着漆黑翅膀的大秃鹫，缓缓飞起。

然而，因为灰鲭鲨鬼暴跳如雷，所以他变的大秃鹫太大了，无法靠近千穗藏身的枝叶交错的山茱萸。

追来赶去三十分钟，灰鲭鲨鬼筋疲力尽地陷入了沉思——看来重新变成其他东西来得更快。

天已经彻底黑了。月亮还没有升起来，雾也没有散尽。

灰鲭鲨鬼又一次将拐杖头挂在肚子上，把嘴巴放在手柄上，就像剖腹自杀似的大喊道："变成黄鼠狼！"

他一变成胖乎乎的大黄鼠狼，就立刻试图爬上洛佩那棵树。千穗抓住山茱萸树粗壮的树干，用尽所有力气拉近弯曲，然后"嘣"地松开手。

树干砸到黄鼠狼脸上，灰鲭鲨鬼狼狈地掉下地。

他又变回了鲨鱼的原样，大发雷霆，狂暴地吹起了腥臭的暴风。山茱萸的叶片和花朵纷纷掉落。树叶渐渐稀薄。

"白粉蝶队，进攻！"洛佩怒吼道。

白粉蝶在东方的天空一下子飞起。灰鲭鲨鬼吹上一口气，它们就变成蜘蛛四处飞散。

白粉蝶又从同一个地方飞起来，一个接一个地飞起来。灰鲭鲨鬼轻而易举地就解决了它们，可是又有新的白粉蝶络绎不绝地翩然飞起。

"这是在开什么玩笑！简直就是在自杀！"

灰鲭鲨鬼得意扬扬地吹了个痛快。然而他没有觉察到，天空已经渐渐发黄。

在灰鲭鲨鬼猛烈的狂风攻击之下，只有东方的天空白雾尽散，月亮的位置变得一清二楚。

"还差最后一步！"

千穗和洛佩瞅准机会从树上下来，爬到了花花兔的山茱萸树上。

花花兔已经一齐来到了花朵上，迫不及待地等着月光洒下来。

千穗在天空中划了一条直线，连接灰鲭鲨鬼和月亮，然后跳到了与直线交错的树枝上。

"我在这里！你这个没有脑子的傻大个！"

灰鲭鲨鬼用尽全身力气吹出一口气。千穗滚落下来，但是她的双手总算抓住了下方的树枝。而这根树枝还变成了毛茸茸的丑陋蜘蛛腿。

月光忽然间明亮起来。千穗站起来，在同样的地方，洛佩也站起来。

"喂！长鳍脚的河豚灯笼！"

灰鲭鲨鬼疯狂地吹着气。洛佩逃向左边。

金黄色的皎洁月光照耀着整个池塘。

洛佩又一次在同一根树枝上站起来："你已经接不上气了吧？长鳃的怪物！"

狂风将洛佩刮倒，它变成一只鼠妇虫滚落。

"咝——"一种独特的声音响起，白色的明亮物体无声地飘浮起来，犹如满天繁星坠入这座池塘。

那是花花兔。

山茱萸花的花瓣好像全都变成了花花兔，散发着白色光芒的小巧家伙沐浴着满月的光芒左蹦右跳。

"咚！"

大地发出巨大的声响。灰鲭鲨鬼倒下了。他一倒下，就变成了僵硬的混凝土像。

千穗睁开了眼睛。

眼前停着金光闪闪的直升机。

"干得不错！大家都得救啦！"

说这话的是变色龙。十二色的蜡笔大臣也在其身后等候。

可是，千穗的眼睛没有朝那边看。她在寻找洛佩。变色龙似乎觉察到这一点，它看看在池塘上空翩翩起舞的花花兔。

花花兔一只接一只，越来越多，连成一个银环，在池塘上方不停地跃动。其中一只轻盈地经过千穗眼前。

它摇晃着耳朵在说话，那是洛佩。

"再见了，千穗。再见了，健治。再见了，和尚师傅。"

千穗一个劲儿地使劲向它挥手。

千穗什么都明白了。她明白自己已经坐着金色的直升机回到了家，知道明天起要去上学了，还明白哥哥、真理子都平安无事。可是她同样明白，洛佩——变成花花兔的洛佩，已经不能和他们一起生活了，它留在了蜡笔王国的山茱萸树上。

热泪从千穗的眼眶里犹如断了线的珍珠一般涌出。在这眼泪的海洋中，花花兔的舞蹈还在继续，越来越优美，越来越华丽。

后记

　　洛佩其实是我养过的一只兔子。在刚开始写这个故事的时候，洛佩还很健康。我想让洛佩尝试快乐的冒险，心想，"你到蜡笔王国去玩玩吧"，也的确亲口对它这样说过。然而，写完第四章之后，我写不下去了。这是因为仅仅生了一天病，洛佩就突然死了。三岁九个月，对于兔子来说也许是寿终正寝。可是，我的构思却彻底瓦解了。我总觉得洛佩在哭着对我说："是爸爸叫我到蜡笔王国来，我才来的。可是爸爸一直都没有跟来。就只有我一个，孤零零的。"我悲伤得不得了，后悔自己的行为让洛佩如此可怜。

洛佩死后几天，妻子出门去买东西，却哭着跑了回来。那天在淅淅沥沥地下雨。"洛佩会被淋湿的。"她说着，一心一意地用塑料布遮住洛佩的坟墓。

令我们如此疼爱的洛佩，究竟是什么？对动物倾注的爱，往往极为哀伤，甚至超过对人类抱有的感情。这难道是因为人天生就对动物抱有歉意吗？

人类的繁荣导致了很多动物的灭绝，尽管这是无心的。作为居住在同一个地球上的生物，任何人都一定对它们心怀怜悯。

疼爱动物的心，就是对动物怀有歉意的心。而且，我认为这是很宝贵的。这是因为，拯救走向荒芜的地球的唯一道路，就存在于这样的心灵当中。